LA MÉSANGÈRE

LES PETITS [illegible] DE PARIS

CONTENANT

Quatre Eaux-Fortes originales

PAR

Henri BOUTET

II

Deuxième Édition

CHEZ DORBON l'AINÉ, LIBRAIRE
53 ter, Quai des Grands-Augustins

LES PETITS MÉMOIRES

DE

PARIS

II

Rues et Intérieurs

PARAITRONT SUCCESSIVEMENT :

Le Carnet d'un Suiveur. — Paris au travail. — Les Amusements de Paris. — Humbles et Parvenus, Arrivistes et Résignés. — Les petits Métiers des Rues. — Les Ateliers féminins. — Les Dimanches de Paris. — Toutes les Bohêmes. — Les Mille et une Nuits de Paris. — Débauche et Misère. — Au Pays des Sourires. — Les petits Mystères de Paris. Etc., etc.

Il sera tiré de chacun de ces volumes cinquante exemplaires de luxe sur Japon des Manufactures impériales, numérotés de 1 à 50, et contenant une double suite des eaux-fortes. — Prix : 10 francs.

VIENT DE PARAITRE :

I

Les Coulisses de l'Amour.

LA PLUIE

LA MÉSANGÈRE

LES

PETITS MÉMOIRES DE PARIS

CONTENANT

Quatre Eaux-Fortes originales

PAR

Henri BOUTET

II

Rues et Intérieurs

A PARIS

CHEZ DORBON l'AINÉ, LIBRAIRE

53 ter, Quai des Grands-Augustins

MDCCCCIX

RUES ET INTÉRIEURS

Les rues de Paris s'en vont ; leur côté pittoresque, les particularités inhérentes aux groupements professionnels et aux besoins de la classe de la société qui les habitent, sont choses qui, de jour en jour et d'heure en heure, disparaissent sous la coalition des ingénieurs, des hygiénistes et des architectes.

Elles s'en vont tous les jours ces vieilles rues si prenantes par toute la vie du passé qui se dégage de leurs maisons aux toitures ardoisées, aux vieilles tuiles de cent ans colorées par les lichens et par les mousses.

Ce sont maintenant de larges tranchées tirées au cordeau qui les remplacent, et les bâtisses, de hauteur pareille, n'offrent à nos yeux que l'attrait des *bowing-dow* et la splendeur américaine des campaniles en pâtisserie. Les silhouettes de la dégringolade de ces vieux toits inégaux ne se détacheront bientôt plus sur le ciel des horizons parisiens qui n'aura plus que des parallèles aux fils télégraphiques et aux lignes de trolleys, à offrir à la curiosité de nos yeux.

Les intérieurs subissent aussi les mêmes

lois de banalité uniforme. Les conditions économiques — qui nous font les loyers plus chers qu'autrefois — enserrent nos appartements dans des formules de distributions identiques. Que l'on soit chez soi ou chez son voisin, c'est à peu près la même chose ; de même que de la Bastille à la Madeleine on a chance de rencontrer cent fois le chapeau et le pardessus que l'on porte.

Les petites boutiques si amusantes dans leur variété d'arrangements, les échopes accrochées aux flancs des vieux hôtels, les coins de rues historiés par les grilles des marchands de vin — ces jolies grilles du XVIIIe siècle, avec leurs impostes chantournées, où, dans les contours d'une serrurerie savante, un soleil d'or jette ses rayons dans le caprice des arabesques, où une tête de Bacchus, couronnée de pampres, dort paisiblement dans les godrons d'une volute dorée ; tout cela est remplacé par les bazars, les grandes épiceries, les magasins de nouveautés, les grands bars où hurlent les phonographes... Mais Paris est un monde ; et, que ce soit dans des cadres anciens ou dans des décors nouveaux, le perpétuel mouvement de sa vie est à suivre et à noter dans des sujets d'études et d'observations qui se renouvellent tous les jours.

Bourgeois d'autrefois

C'est à une échappée en province que je dois d'avoir connu Madame Pipatte. A l'issue d'un déjeuner au bord de la Loire, sous une tonnelle qui fleurait le laurier-cerise et le jasmin, je vis arriver le ménage Pipatte, car Madame Pipatte était doublée de M. Pipatte ; et, certes, lorsqu'ils s'avancèrent vers nous, apportant, dans la quiétude du pousse-café, leurs silhouettes de bourgeois à la Henri Monnier, je fus, je l'avoue, un peu terrifié.

La présentation eut lieu comme il convenait. « Monsieur et Madame Pipatte, de bons amis, nos voisins ; — un ami de Paris, Parisien endurci, échappé pour une heure.... »

D'un coup, Madame Pipatte, débridant à l'aide de gestes véhéments les lignes d'une tenue provinciale, s'affirma : « Vous habitez Paris, monsieur ? Mon cher Paris ! » Pipatte, lui, ne manifestait aucune émotion et gardait seulement, sur une figure placide, le pâle reflet de l'enthousiasme de sa moitié. La femme était puissante, râblée, exubérante. Pipatte, fallot et neutre, acquiesçait.

— Et quel quartier habitez-vous, monsieur?

— L'Ile Saint-Louis, madame.

— Mon quartier ! Trente ans quai de Gesvres, monsieur ! Et le regard enveloppant de Madame Pipatte, amplifié par un geste circulaire, semblait vouloir, à sa joie, réunir tous les convives... les jasmins et les lauriers-cerises... et même M. Pipatte !

Et sa joie fut débordante comme un fleuve en proie aux abondances de tous ses affluents, sa copieuse poitrine, emprisonnée dans la rigidité d'un corset héroïque, soulevait de tumultueuses vagues qui déferlaient jusqu'aux limites de plusieurs mentons grassouillets, retombant en cascades sur un cou bien en chair.

— L'Ile Saint-Louis!... Nous y avons vu les ponts en fil de fer, monsieur ! Au moment de la rentrée des troupes d'Italie, ils existaient encore ! Et son enthousiasme s'enfla de patriotisme. Pipatte, moins ému par les souvenirs, restait toujours silencieux. Cependant, il ajouta que, quand on était nombreux sur le pont en fil de fer, ça donnait l'idée du mal de mer ; puis il se tut, condensant ses sensations dans un mutisme qui, peut-être, n'en dimi-

chapeau que, sans vanité, Pipatte donnait de main de maître. Nous avions la spécialité des chapeaux à la Saint-Simonien et à la Bolivar ; beaucoup de vieux professeurs en portaient et ne voulaient que des nôtres.....

Et le Mail, Monsieur ! Nous étions en face. C'était une clientèle encore que celle des normands qui couchaient dans leurs grands bateaux. Oh ! l'odeur des pommes, le matin, dans les premiers brouillards !..... Nous avions, au-dessus de la boutique, une petite chambre qui donnait sur le quai, la salle à manger était derrière le magasin. On y entendait le battement des horloges de Franche-Comté et des coucous du voisin l'horloger, car c'est sur ce quai qu'on en trouvait encore de ces vieilles horloges, comme les sabots d'Auvergne ou du Limousin se trouvaient dans la rue de l'Hôtel-de-Ville. Ah ! il était curieux notre quartier ! On se connaissait tous comme dans une petite ville..... Nous sommes partis avec les trompettes des premiers tramways. Je n'aimerais plus Paris maintenant ! Et quand je vous dis : « Vous habitez Paris, Monsieur ? », je pense à mon Paris d'autrefois. Hélas ! non, n'est-ce pas ?

Les quais ne sentent plus ni la pomme, ni l lessive, et les choses qu'on aime, voyez-vous il ne faut plus les voir quand le progrès les touchées.....

. . . .

De grands chalands passaient sur la Loire Une voile blanche tanguait à l'horizon. U remorqueur, au loin, jetait son cri mélan colique. Une paix très grande régnait dan l'air. Une buée d'automne bleuissait l'horizon C'est dans ce cadre que, vivace, m'est rest le souvenir de Madame Pipatte qui parlait s bien de lessive et de pommes, que, quand j mange une reinette et que je passe devant u lavoir, j'évoque le souvenir de ces bons bour geois, je pense à elle... et aux coups de fe que M. Pipatte donnait autrefois aux cha peaux des professeurs.

Vieux Montrouge

Le vieux Montrouge n'existe plus guère mais ceux qui, autrefois, en ont fouillé le recoins, ont connu ces petites maisons d'u étage, avec presque toujours un jardin a fond, jardin souvent divisé en petits carrés égalant le nombre de locataires, ne retrouvent plus maintenant le charme provincial de ce quartier paisible, au milieu des maisons de sept étages, dont les *bowin dow* massacrent de leur insolente laideur les façades échappées aux méditations d'architectes moroses et constipés.

Épargnés encore pour quelques heures, certains coins demeurent debout, parmi la pâtisserie indigeste des immeubles bourgeois, hospitalisant la misère de maigres boutiques, qui gardent le parfum ranci de ce qu'elles étaient autrefois. La vie leur manque, à toutes ces petites boutiques mangées par les bazars de boustifaille qui débondent jusque sur les trottoirs des grandes avenues les tomberées d'artichauds et de salades, les rangées sinistres de volailles gavées de poissons pourris et de râclures de cuisine, étalant sur la bande érubescente des paniers de tomate les tons d'ardoise du « vendangé » à six sous la livre, leurs maigres étalages n'attirent guère l'œil du passant. — Le « Petit épicier », chanté par Coppée, ne « casserait plus son sucre avec mélancolie », il le casse maintenant avec désespoir. Réduit aux pe-

tites affaires décrochées à l'aide de créd
fait aux ouvriers d'usines, il ne casse plus d
sucre, d'ailleurs, de ce beau sucre blanc en
gaîné dans sa robe feutrée de papier bleu qui
sous la tombée du couteau, épandait sa pous
sière pailletée de diamants sur le vieux comp
toir où pendait la chandelle des six. Empri
sonné dans des boîtes, ce sucre offre désor
mais à l'acheteur la certitude de son morcelle
ment par des numéros qui incitent à l'écono
mie ceux dont la sagesse arrive à passer du
70 au 80.

C'est avec tristesse qu'il casse son sucre
le « Petit épicier de Montrouge » ; et, sou
vent, la femme seule tient la boutique
tandis que l'homme, ouvrier ou garçon
livreur, gagne, au dehors, le morceau de pain
qu'il ne trouverait plus chez lui. C'est le
sort de presque tous les petits commerçant
qui, tranquillement, gagnaient leur vie autre
fois, dans la paix du chez soi. La « petite mer-
cière » ne vit guère que par l'apport de la
vente des journaux. On n'entre plus chez elle
que pour acheter le sou d'épingles piquées sur
la bande de papier ou l'écheveau de laine à
tricoter les bas. Les écoles de prostitution

que sont les caravansérails à campaniles où on trouve de tout, même des femmes, jettent aux quatre coins du monde les catalogues qui drainent vers eux les besoins du public, excitent les désirs, pompent, comme autant de ventouses collées sur le tiroir, les gros sous du petit bourgeois et le pain quotidien des petits et des humbles.

Le troquet vit encore, malgré la concurrence que lui font les assommoirs aux devantures de cirque qui, pour mener plus sûrement leur clientèle au cabanon ajoutent, aux nocives influences des toxiques débités, le claironnement sauvage des pavillons de phonographes dégueulant, sur le tas des victimes, tout le martellement de chaudrons des refrains à la mode, tout l'infernal bruit de camions d'usine, de plaques de tôle remuées, d'effondrement de bouteilles qui constituent les éléments imposés à l'art musical des assommoirs.

La paix semble plus douce dans les quelques coins rares épargnés par le progrès. Petit îlot de la rue Hallé, rue d'Alembert, rue Ducouédic, avec votre petite place de province, vous semblez très loin ! Plus haut encore, rue de la Voie-Verte, rue de la Tombe-Issoire, sur l'échappée qui mène au réservoir, par la rue de l'Aude, rue des Artistes, on trouve encore des gens d'un Paris disparu. Ce sont les derniers, et ils ne sont plus jeunes.

Et ceux qui vont devant eux sont attirés par l'éclat des lumières comme les papillons vont autour des lampes pour s'y brûler les ailes.

Liquidation

« *Voyez voir la vinte ; articles avantageux vendus pour rien !* »

Une voix qui empruntait les longues au canard et les brèves à la *pratique* du Polichinelle, jetait aux passants de l'avenue du faubourg l'annonce alléchante propice à « ferrer » comme un goujon le client docile.

L'homme à qui cette fonction apéritive était dévolue était un homme calé et sûr de lui. Les mains dans les poches d'un ulster verdâtre à carreaux, il bravait l'intempérie des saisons. Sa marche, à pas cadencés, ne dépassait pas la longueur de la boutique. Cette marche était réglée par la température comme le battant d'un métronome, que la baisse du thermomètre, en hiver, accélérait ; elle entretenait chez lui une activité régulière et maintenait un état de santé que sa face rougeaude proclamait dans ses petits yeux ronds et satisfaits, dans ses narines joyeuses, ouvertes à tous les vents, dans la bouche en cul-de-poule qui, du soir au matin, égrenait le chapelet du « *Voyez voir la vinte !...* »

La maison était d'apparence menue. Une bande de calicot où se lisait : « *Liquidation avec rabais de 75 pour cent* », balafrait le store de coutil rayé, protecteur de l'étalage. Cette bande de calicot évocatrice d'occasions rares et d'économies notables sur les maigres budgets d'ouvriers était là, immuable, depuis des années sur le store de coutil rayé. Les années se passaient ; on liquidait toujours ; et le même homme, à la bouche en cul-de-poule, lançait sans cesse, du matin au soir, son invariable et tentateur chant de canard.

On liquidait, là, toujours les mêmes objets, placés aux mêmes endroits dans un ordre et une symétrie qui donnait à cette liquidation la certitude d'une institution durable. Seules les saisons changeaient l'aspect des choses.

Aux lourds pardessus au col de velours (23 fr. au lieu de 75), succédaient, aux approches de Pâques, les complets de coutil (9 fr. 25 au lieu de 25 fr.) Dans les faubourgs, les pardessus d'été sont totalement négligés, seuls, les draps épais comme des feutres trouvent leur raison d'être à la superposition d'un paletot sur un autre......

« *Voyez voir la vinte.... articles d'été* », et la bigarrure des chemises d'Oxford (1 fr. 45 au lieu de 5 fr.), succédait aux lourds tricots, aux gilets de chasse chocolat et aux flanelles irrétrécissables, protectrices des bronches et gardiennes des caloriques sur les torses livrés à la rudesse des saisons.

Seuls, persistaient en tous temps les vêtements de travail : salopettes et cottes au bleu déteint, pantalons de charpentiers larges et bouffants comme un parapluie qu'on ouvre, garnissaient l'étalage de leurs tons de bitume et de vert-mousse, pour la satisfaction de l'acheteur sensible à l'attrait des couleurs.

Les bourgerons, les tabliers couleur d'encre pour les tonneliers, vert Véronèse pour la cordonnerie, s'accrochaient à la devanture, mêlés aux vestons de cuir (occasion unique,

11 fr. au lieu de 50) des gens de l'auto et du camionnage, aux longues blouses aux tons écrus des conducteurs de travaux.

« *Occasion unique au monde, voyez voir la vinte !* » Son petit chapeau melon en casseur, son foulard écossais débridé, l'homme ne s'échappait qu'aux heures des repas de sa promenade monotone, qu'il interrompait seulement d'un bout de causette avec le sergent de ville, d'un mot galant à la bonne qui passe, d'un geste familier à la porteuse de pain, d'une caresse au chien du voisin et d'un coup de pied à d'autres n'ayant aucun respect pour les pantalons (2 fr. 75 au lieu de 11 fr.), tombant en banderoles le long des tréteaux. Ni le soleil, ni la pluie, ni les vents ne venaient modifier cette fonction aspirante qui livrait ensuite aux commis de l'intérieur les maraîchers et les ouvriers indécis que cet homme pompait à l'étalage. Et quand, par les temps à ne pas mettre un chien dehors, le trottoir ruisselait, veuf de toute âme qui passe, il était toujours là, réfugié sous la bâche, jetant quand même au néant de la rue, avec la même ardeur et la même foi, l'appel nasillard et cuivré : « *Voyez voir la vinte !* » qui dominait le crépitement sur l'asphalte de la pluie serrée et drue qui tombait sans interrompre la cadence de ses pas.

Gare de Sceaux

Elle était gaie, cette petite gare de sous-préfecture, au temps où elle était tête de ligne, et, où, tout le monde d'étudiants et de grisettes, de calicots et de trottins l'encombraient, pour aller à Robinson manger de déplorables gibelotes et se donner l'impression d'un voyage en Judée en montant sur des ânes.

« Vous êtes dans le vrai, canotiers, calicots,
Pour voir des boutons d'or et des coquelicots
Le dimanche matin vous encombrez les gares
De femmes, de chansons, de joies et de cigares. »

(François Coppée.)

On retrouve encore cet aspect d'autrefois, les dimanches matin, quand le soleil chasse des petits logements de bourgeois tout son monde d'employés, de mamans et de bébés, et que les chambres, depuis Montparnasse à la barrière d'Italie, ouvrent leurs portes à l'envolée vers les bois de tout l'essaim de jeunesse, de demoiselles de magasin, de commis, de brocheuses ou d'étudiants.

La marquise de la petite gare est encombrée, ce matin, de corsages blancs, de voitures de bébés et de bicyclettes.

Des groupes arrivent avec des paniers, des cannes à pêche, des appareils photographiques, des boîtes à couleurs et des filets à provisions.

Un homme, en costume de chasse, essoufflé, porte sur son dos une grosse caisse. Un vieux monsieur en chapeau blanc et en redingote noisette, avec une boîte d'herborisateur passée en bandoulière, paraît avoir été dessiné par Bertall pour illustrer un roman de Paul de Kock... Et des jeunes filles et des jeunes femmes partout ! — Elles sont légion avec leurs chapeaux fleuris, devant cette petite gare, qui en fait ressembler le péristyle à la corbeille d'un parterre sur laquelle les cornettes de deux sœurs de saint Vincent-de-Paul, dont le vent soulève les ailes, ont l'air de deux papillons blancs voletant sur des fleurs.

Et c'est toute une joie de voir cette grimpée d'escalier si jeune et si fleurie, et je ne sache pas que ce soit l'aspect du pesage et des tribunes de Longchamp qui puisse donner une pareille impression de fraîcheur, de jeunesse et de vie !

La jolie petite frimousse, aux narines gourmandes, aux yeux mouillés et à la bouche de fraise, qui, là-bas, près de la porte, cherche des yeux celui qu'elle attend, parmi les gens que la petite avenue amène vers la gare, ne vaut pas trois lignes d'une prose bénévole ; ce n'est que plus tard, dans une quinzaine d'années, quand le temps aura mangé la fraîcheur de ses joues et décoloré ses lèvres qu'elle pourra espérer l'entrefilet d'un courriériste mondain qui, ayant à insérer la réclame d'une modiste ou d'une couturière, parlera d'elle à propos d'un chapeau ou d'une veste de la dernière mode, en vantant sa grâce et sa beauté dans un tableau du pesage, le jour du Derby, qui passera en revue toute l'arrière-garde du bataillon de Cythère.

Aujourd'hui, elle n'a pas d'histoire ; et celui qui, dans le bois de Verrières, prendra un baiser sur ses lèvres de fraise, ne paiera ce baiser, le soir, en rentrant, que d'une prière aux étoiles du grand ciel bleu et d'un souvenir aux pâles veilleuses que les vers luisants auront semé sur leur route pour guider leurs pas.

Première Communion

Aux heures matinales, je m'arrête quelquefois à la porte de cet assommoir de faubourg, intéressé par la formidable descente de tous ceux qui, chaque jour, vont au centre de la ville, y chercher leur pain.

Cette foule, aujourd'hui, est endimanchée ; ou, plutôt, des gens endimanchés s'y mêlent, au milieu d'un semis de robes blanches écloses comme des marguerites dans l'incessant grouillement de la rue.

C'est la première communion dans le quartier.

De toutes les portes sortent des groupes dans la parure des jours de fête. Des mamans en chapeau lilas, des garçons frisés, le brassard sur la manche; des hommes, rasés de frais, en redingote de jardiniers, enfoncent maladroitement leurs rudes doigts dans des gants gris-perle, qu'ils font craquer ; des fillettes pomponnées ont, dans les cheveux, des rubans clairs que la grande sœur arrange ; des voisines, des parents, suivent avec des souliers trop étroits qui les font boîter ; de vieilles grand'mères, aux corsages noirs garnis de jais, rejoignent à pas tremblants les grappes humaines qui se dirigent vers l'église, dont les cloches sonnent à toute volée.

Le temps est radieux et le clair soleil, crevant la jeune feuillure des arbres, poudroie le trottoir d'une volée de papillons d'or ; il semble que sur cette foule passe une vision de choses reposantes, apportant à ces pauvres gens un apaisement à la rude vie de tous les jours... Et je mène ma pensée vers les croyances qui sèment, devant les douleurs, des germes de consolation, opposant au désespoir de la marche des heures un inconscient besoin d'au-delà.

. . . .

Hélas ! les petites robes blanches ne sont plus tissées de la légèreté des illusions ; des doigts de fées ne les ont pas cousues. Les doutes, les propos d'atelier sont venus raidir les plis du voile et salir la blancheur de la robe. Combien vont succomber sur la route si longue ? Combien vont y traîner leur idéal comme un lourd fardeau ?

. . . .

Pauvres petites âmes toutes blanches

comme aujourd'hui leurs robes ! Que de taches, que de souillures leur réserve le dur contact des réalités !...

. . . .

Un escadron de cuirassiers passe, devant moi, dans un bruit de fer ; un lourd chariot de pierres est arrêté, au bord du trottoir ; plus loin, un enterrement ferme l'horizon d'une tache noire... Je ne vois plus rien et ma vision s'évanouit, emportée par l'evocation de la force et par l'image de la mort.

L'Écrivain

Après avoir déploré la lenteur du trajet et constaté la fréquence des pannes du tramway de Montrouge, l'homme assis à mes côtés, sur l'impériale, le dos penché, les mains tendues tenant un soufflet cravaté d'un rouleau de tuyaux de plomb qu'il tenait entre ses jambes, se mit à promener mon ignorance autour des avantages et des inconvénients de chacune des professions du bâtiment. Il conclut, avec sagesse, qu'on connaît bien les embêtements de son métier, mais qu'on ignore souvent les ennuis du métier des autres.

— Ainsi, me dit-il, voyez les peintres en bâtiment, il n'y a pas de camaros plus à la rigolade que ceux-là. Allez les voir à quarante ans, ils ont les os mangés par la céruse. Moi, j'en ai plus de cinquante, et j'me tiens sur les toits comme le coq d'un clocher. J'suis plombier.... On a des risques ; mais l'métier n'est pas plus mauvais qu'ça ; j'voulais le donner à mon gas ; mais, voyez-vous, maintenant, les enfants ça ne veut plus travailler : ainsi, l'mien a voulu être écrivain !

— Écrivain ?...

Je m'imaginais un gaillard, poussé un peu à sa classe, et jeté par les relations acquises en quelque brasserie fumeuse dans le jeu sinistre de la littérature d'hôpital. Il n'en était rien.

— Oui, M'sieu, écrivain ! il gagne cent francs par mois.

— Il est sans doute dans un journal ?

— Imprimeur, mais non : il est dans une boîte du boulevard Sébastopol où on vend des fanfreluches pour les femmes ; des rubans, des boutons..., des blagues, quoi ! et il est juché en haut d'une grande boîte. Il dit qu'il est *tribun*. Ce qu'il y a de sûr, c'est qu'y ne quitte pas le cul de d'sus sa chaise, du matin au soir. Qu'est-ce qu'il peut bien fout' là-haut, toute la journée, avec ses bouts de papier ? C'est un métier de faignant, pas aut'chose; mais il fait l'costeau le dimanche ; c'est un monsieur, il a de belles cravates. — Ah ! malheur, écrivain ! Ne m'parlez pas de ces gens qui sont assis toute la journée. C'est pas ça qui fait un homme, que j'vous dis : ainsi, moi, qui a le *sang nerveux,* j'aime mieux m'balader dans mes gouttières, au risque de m'casser l'cou, que d'foutimasser dans des paperasses. J'vous l'dis, M'sieu, tous les écrivains c'est des p aresseux !

L'homme me quitta, enfilant dans son bras son cor de chasse de plomb, ne se doutant certes pas que parmi les variétés de la profession, je pensais que son fils avait choisi la bonne.

L'Enterrement du Poète

« Ni fleurs, ni couronnes », avait-t-il, dit « et, surtout, pas de discours. Pas de lettres d'invitation non plus. » Il pensait bien que ceux qui l'aimaient connaîtraient sa mort. Qu'avait-il besoin des autres pour l'accompagner à sa dernière demeure ?

Ceux qui l'aimaient étaient cent mille !! L'église fut prise d'assaut dès le matin, et tous, cependant, assistèrent à l'office sous les arbres du boulevard des Invalides, dans la plus belle des églises, celle qui a comme voûte le ciel bleu.

Cocardier, il avait voulu garder le son voilé de crêpe des tambours et le geste de l'officier qui, de son sabre, saluait son départ. Et aussi la présence du corps académique auquel il appartenait. Ce fut tout; et ce : tout fut noyé, perdu, anéanti dans l'affectueuse manifestation des humbles qu'il avait aimés.

Des hauteurs de la rue Lecourbe et des lointains de la rue de Vanves, des appartements proprets du petit employé, des ateliers de brocheuses de la rue Vandamme, des pauvres maisons de la rue de la Gaîté où le poète, dans le souvenir des soirées de Tonnelier, retrouvait les grisettes de son temps, — lui qui se plaisait à dire qu'il était la dernière grisette, — descendit tout le monde des humbles qu'il avait si souvent chantés.

Le petit épicier de Montrouge dont il avait ennobli la douleur, « la blanchisseuse rousse » qui causait avec le conducteur, le savetier du coin de sa rue, auquel il prenait un peu de l'âme de son quartier, étaient là, tous, avec aux lèvres la saveur de ses vers et, au coin de l'œil, la larme silencieuse du regret.

..... Le cortège, au sortir de l'église, se forma dans le plus harmonieux des désordres.

Le protocole n'avait pas prévu, voisinant avec l'habit d'académiciens qui avaient l'air de magnifiques scarabées ennuyés, le bourgeron du mécanicien et la cotte du margeur.

Petites bourgeoises, boutiquiers du quartier, demoiselles de magasin, femmes d'artistes et maîtresses d'étudiants, maigres employés et ouvrières en sarrau de toile, tous communiaient dans l'hommage rendu à celui qui avait su aimer et souffrir en aimant et en souffrant comme eux.

« Ni fleurs, ni couronnes » et, cependant, devant moi, au coin de la rue de l'Ouest, une fillette en cheveux, échappée du.... *cintième,* tient à la main un bouquet de violettes de deux sous. « J'irai le mettre sur sa tombe, dit-elle, quand tout le monde sera parti ».

J'en connais une autre qui, le lendemain, lui portait une rose et, par un pieux échange, prenait sur sa tombe une branche de bruyère des champs, qu'elle a mise comme du buis dans un missel, entre les pages de ses premières poésies.

J'allais le voir souvent, pauvre et cher Coppée, chez lui, le matin ; ou, le soir, à ce petit *Café des Vosges* où il aimait, avant le dîner, passer une heure, comme un bon bourgeois et comme un vieil étudiant.

De Saint-François-Xavier au cimetière Montparnasse, il fut accompagné par son rêve de poète ; et, par cette belle journée de printemps, en regardant passer sa dépouille, l'âme de chacun disait ses vers.

Nocturne

Le tramway de la Porte de Vincennes à la Porte de Saint-Cloud vous fait suivre tout un ruban de longues voies tristes. Ce sont de hauts murs en meulières, des vues d'usines à gaz, des chantiers, des fabriques de goudron, de sentrepôts de marchandises, des traversées de gares et de dépôts de pavés qui rendent le voyage sans attrait.

Le soir, il est sinistre, ce trajet ; on défile, en partant de Vincennes, dans des rues inter-

NOCTURNE

minables : la rue Michel-Bizot, la rue de Wattignies. On passe au-dessous de lugubres ponts qui sont ceux de la Gare de Lyon pour arriver à la Seine, au pont de Tolbiac, après avoir traversé le parc de Bercy où la petite église de la Nativité paraît dormir au milieu des futailles, sur cette petite place inanimée, enserrée au milieu de l'entrepôt des vins.

On traverse le pont avec, à droite, le panorama de Paris et la silhouette de Notre-Dame qui se découpe sur le ton de lapis de la nuit; à gauche, les feux d'ocre des forges d'Ivry tachent la nuit de leurs lueurs rouges. Onze heures sonnent, après le pont, à quelque horloge de la gare des marchandises. La route devient de plus en plus sinistre! Au lieu de passer sous des ponts, comme à la Gare de Lyon, on passe sur ceux de la gare d'Orléans, sur tout ce semis de petites lumières qui dorment sur les rails; devant les disques rouges ou verts, et les lampes à arc qui se détachent comme de pâles lunes sur le fond des grands bâtiments noirs.

On suit la rue de Tolbiac, après s'être arrêté au bout du pont, où deux conducteurs de bestiaux montent, et on coupe ce triste quartier de la Gare. Nous sommes six ou huit dans le tramway ; les rues deviennent de plus en plus sombres : rue Nationale, rue de Patay, allongent les falaises de leurs maisons dans un horizon sans lumières. La voiture file très vite. Accoudé sur la plate-forme, je regarde défiler devant moi toutes ces choses lugubres et noires.

Au coin de la rue du Gaz, dans le retrait d'une maison en construction, que borde une palissade où est accrochée une petite lanterne Levent, je vois un groupe s'agiter... des gens se poursuivre...... Le tramway avance, la forme des ombres se précise, la nature des gestes s'affirme ; c'est un troisième acte de l'Ambigu ! L'homme, en chapeau de feutre et en manteau noir ; la femme, en noir aussi, enveloppée d'un châle.

Nous passons et, la tête tournée, je suis des yeux la scène ; je vois un bras qui étreint la gorge et l'autre, levé, tient une arme qui luit aux reflets de la maigre lanterne et qui s'abat. Le conducteur à l'arrière avait, lui aussi, vu le drame. La voiture, lancée à toute vitesse, ne put s'arrêter que plus loin. Deux agents sont là, sous une porte cochère. On les appelle ; ils courent pendant que nous voyons, à terre, le corps de la femme étendue, tandis qu'au loin, l'ombre de l'homme avec son manteau de mélodrame s'enfuit dans la nuit...

Le tramway file, continuant sa route dans des endroits pareils : Plaisance, Vaugirard, la rue de la Convention..... Rues sinistres, à cette heure, où la lune qui, lentement, se promène sur toutes choses, ne peut guère éclairer, dans ces endroits déserts, que des scènes de drames ou des enlacements d'amoureux... qui ont été, autrefois, les premiers gestes des romans d'amour qu'un crime vient terminer..

Le petit Café

Petit café d'habitués, à un croisement de rues de faubourg sillonnées de tramways. L'endroit est animé. Maisons hautes à six étages ; boutiques d'épicerie, marchands de chaussures, bars au long comptoir d'étain, magasins de nouveautés, charcuterie, restaurants, etc., jettent sur le pavé l'éclat des lumières qui ruissellent sur la chaussée en longues traînées de feu.

Dans cette animation de carrefour, le petit café garde, en semaine, la tranquillité d'un café de mairie de province. C'est le café d'habitués avec toutes ses traditions. Pas assez grand pour qu'on le remarque ou pour qu'on s'y donne rendez-vous, — modeste d'aspect, il invite peu à ce qu'on y pénètre — c'est, d'ailleurs, sa raison d'être d'avoir un aspect discret, et il fait ses affaires tout comme un autre.

Dehors, une seule rangée de tables, protégée par des caisses de fusains ; à l'entrée, le *pavillon,* c'est-à-dire la petite pièce séparée de la grande par une cloison vitrée, à hauteur d'homme. La grande salle après : un billard au milieu ; au fond le comptoir, des tables de chaque côté ; un poêle devant le billard.

Ces tables, les banquettes et les chaises pourraient avoir des noms gravés sur des plaques de cuivre, ainsi que des chaises d'églises, tant, chaque jour, ce sont les mêmes gens qui les occupent. Le *pavillon* est laissé aux irréguliers et aux consommateurs égarés ; la salle appartient aux petits rentiers et aux boutiquiers d'alentour : arrivés là vers les cinq heures, ils prennent possession du lieu et gardent jalousement la place de leurs partenaires des parties de manille, de polignac ou de dominos, qui viennent, là, avec la régularité qu'imposerait une fonction.

Le côté gauche est le côté des gens qui jouent ; le côté droit, moins garni, est celui de ceux qui lisent le journal ou qui causent ; il y a entente tacite, et, jamais, l'élément droite et l'élément gauche ne se mêlent. Il y a les gens de la banquette et ceux des chaises qui jamais non plus ne changent de place. Les garçons, façonnés aux habitudes de chacun, ont une besogne facile. Une harmonie, une paix reposante emplissent l'atmosphère où marine chaque soir cette paisible clientèle.

L'hiver le poêle ronfle de façon constante et régulière. Il ne fait jamais ni trop chaud ni trop froid, et les heures que ces irréductibles habitués arrachent aux soucis de la vie ne doivent leur être bonnes que parce qu'elles sont toujours faites de la reposante monotonie qui convient aux cerveaux moyens.

Quartier Saint-Sulpice

Rue Servandoni, rue du Canivet, rue Palatine..., toutes ces vieilles et tristes rues, derrière Saint-Sulpice, ont l'air de n'être habitées que par des sacristains ou par des loueuses de chaises.

L'herbe et les moisissures y quadrillent d'une marqueterie verdâtre les cours de ces maisons froides, où paraissent demeurés ensevelis des procureurs du siècle dernier.

De petites merceries où de vieilles femmes au nez pointu raccommodent des soutanes, de maigres boutiques de marchands de curiosités garnissent les rez-de-chaussée, bas et sombres, incrustés dans les murs des vieux hôtels.

Chez un ébéniste se dressent les têtes rouges, à clous de cuivre, des rangées de portemanteaux, une armoire d'acajou et des édredons gonflés comme d'énormes vessies rouges garnissent le fond de la boutique où se mélangent, pêle-mêle, des fauteuils éventrés rejetant à terre leurs crins et leur étoupe, des sommiers retournés aux ressorts distendus qu'on répare...

Plus loin, c'est la boutique d'un relieur où des brocheuses chantent des cantiques. Un antiquaire vient, après, avec sa petite vitrine encombrée de médailles, de vieux Saxe, de miniatures et de coupes d'albâtre....

Un manipule pend au mur détachant des colombes dorées sous un fond d'améthyste ; de vieilles commodes Louis XVI supportent des potiches japonaises, des vases de Delft et des bénitiers bretons. Tout cet amas de choses récoltées dans les presbytères et dans les sacristies de chef-lieux de canton, est venu là, sommeiller dans une odeur de cire molle et de vieux tapis.

De temps en temps, un fiacre passe dans la rue, laissant sur le trottoir un prêtre qui entre dans une pension de famille.

Rien de la vie ne pénètre dans ces rues de solitude et de tristesse. N'ayant rien à y faire, les sergents de ville les ignorent presque. Peu de gens y passent, ceux qui y habitent ne sortent guère ; et, quand on les parcourt, on est très étonné de n'y pas rencontrer une vieille dame descendant d'une chaise à porteurs, ou de heurter la silhouette d'un marchand d'images qu'aurait gravé Bouchardon.

Musique de Chambre

On avait dû jouer au furet avec le billet d'un concert de musique de chambre, chez Pleyel, pour que, passant de mains en mains, il échouât aux deux voisins, que j'avais, ce soir-là, près de moi.

Je dois dire que, sans eux, ma soirée eût été morne, car c'est souvent un plaisir bien fâlot qui vous est offert avec une invitation à une séance de musique de chambre.

Ce sont généralement des femmes âgées et des jeunes filles anémiques qui composent l'élément féminin de ces soirées fadasses, et les hommes qui y viennent n'y apportent souvent qu'un élément sans attrait.

C'est fade comme un dîner de sous-préfecture ; la chanterelle qu'on gratte et le violoncelle qu'on frictionne vous disposent souvent à une somnolence qui s'excuse d'autant mieux qu'on n'est jamais seul à se livrer aux douceurs de cet état intermédiaire.

Tel n'était certainement pas l'avis de mes deux voisins. Ils admiraient tout avec discrétion. Ce fut d'abord le moelleux des fauteuils

— « C'qu'on est chouette là-d'dans ! » — Les femmes, leurs toilettes, la calvitie de certains apôtres, tout ce monde, qu'ils n'avaient certes jamais vu, les plongeait dans un état d'extase qui se traduisit par l'exclamation concise de l'un deux :

— C'est rien rupin, c' monde-là !

Le grattage et les frictions commencèrent, soutirant des sons menaçants au début, édulcorés dans la suite, suintant à la fin des morceaux de petites gouttelelettes d'harmonie qui préparaient la salle à la saveur spéciale des applaudissements de bonne compagnie.

Mes voisins avaient les ouïes en liesse. Leur enthousiasme n'avait pas de bornes et ils restaient stupéfiés d'admiration.

Le concert continua, mêlant les onguents aux pâtes d'amandes, fluant des coulées d'harmonie fadasse sur un auditoire nullement hostile.

Au dernier morceau, un violon scandinave, chevelu et exangüe râcla en solo une : « *Pluie de perles* » et des « *Larmes d'amour* » qui soulevèrent les poitrines des femmes et agita la dextre des hommes chauves. On se leva, le sacrifice était terminé.

Mes voisins aussi se levèrent et payèrent, comme les autres, leur rançon aux échos enthousiastes.

— C'l'égal, y n'en mouille rien, l'mecqueton ! dit l'un deux.

Un vieil Ami

J'allais, quelquefois, le dimanche matin, voir mon vieil ami B... dans la petite maison qu'il habite, au bord de la route de Châtillon, avant d'arriver au plateau.

Il tenait cette maison de ses parents, petits boutiquiers, qui avaient usé toute une vie pour amasser de quoi acheter ce petit coin, où mon vieil ami s'était installé après leur mort.

Je le trouvai, furieux, le poing en l'air. Les imprécations sortaient de sa bouche, tumultueuses, comme les eaux d'un torrent en déroute, au bas d'une montagne. « Ah ! les cochons ! » s'exclama-t-il, en m'ouvrant la porte de son jardin où un flot de poussière vint s'engouffrer ; et il me montra, sur la route, des automobiles qui passaient.

Le jardin était en contre-haut de la route de trois ou quatre mètres et formait terrasse ;

la maison s'élevait, un peu plus loin, laissant, devant, un petit jardinet avec une charmille et un coin avec une table et un banc où, l'été, on pouvait dîner devant les feux d'artifices du soleil couchant.

— Viens, viens, me dit-il, me tirant par la main, dans une fureur qui allait crescendo. Vois, vois ! et il me montra ses quenouilles de roses trémières saupoudrées de blanc, anémiques, mangées de poussière ; ses roses abîmées; sa tonnelle où le chèvrefeuille et la vigne vierge grimpaient, perdus, morts, sous les couches de poussière.....

« — .... Ah ! les salauds ! Ça n'est pas tout, viens voir par ici. Il m'entraîna dans la maison, et, poussant une porte à gauche, il me fit entrer dans sa bibliothèque, dans son réduit, comme il disait, où tous ses livres étaient amassés sur des tablettes — il prétendait que les bibliothèques fermées n'étaient bonnes que pour ceux ne lisant pas. Des bibelots, des cadres, étaient accrochés partout ; une vieille pendule comtoise était adossée au mur, près de la fenêtre..... Tiens, regarde mes bouquins ; vois ce que sont devenus mes tableaux. On eût dit, en effet, qu'on se trouvait dans la grange d'un meunier : tout était blanc. Regarde !... Il ne put m'en dire davantage. Et ma vieille pendule ! Elle a sonné les dernières heures de mes vieux ; elle s'arrête tous les huit jours, mangée par la poussière, secouée par d'infernales trépidations....

Ah ! les misérables ! les misérables ! Ils ne se contentent pas d'écraser sur les routes les enfants et les vieilles femmes. Ils viennent tuer les gens chez eux ; et, quand je dis tuer, c'est que c'est vrai ; je ne vendrais pas ma bicoque la moitié du prix qu'elle a coûté ! et je n'ai que juste de quoi vivre ; tous les terrains du bord de la route ont perdu de leur valeur, on n'en veut même plus pour faire pousser des betteraves.....

Deux tramways de Châtillon passaient en même temps, secouant les vitres ; une automobile suivait en soulevant un formidable nuage de poussière......

— Tiens, dit-il, voilà... C'est le progrès qui passe... Et, levant le poing, il avait l'air de menacer le ciel.

— N. de D. de N. de D. ! Ah ! les cochons ! Est-ce que je leur ai pris quelque chose, moi?...... Et, baissant sa tête d'apôtre, il me dit gravement : « Tu ne me crois pas une cervelle d'oiseau, n'est-ce pas ? » Et, étendant la main vers la rangée de livres qui garnissait du haut en bas un côté de la pièce : « Je n'ai pas des livres pour contempler des dos de maroquin, et je digère ce que mes maîtres en histoire et en philosophie m'ont appris. Tu le sais. Eh bien, veux-tu que je te dise ; on a démoli la Bastille et installé la guillotine pour moins que ça ! »

Et, accablé, anéanti, n'en pouvant plus, il se laissa tomber dans son fauteuil de jonc....

Mariage mondain

Saint-Pierre de Chaillot, midi, par un soleil printanier réchauffant les bourgeons d'avril, poudrant la chaussée d'une marqueterie d'or, on attend l'arrivée des voitures ; sur le trottoir, un tapis s'allonge.

Accrochée aux grilles, toute la clientèle de concierges du voisinage, de couturières du quartier, d'ouvriers ayant mis les bouchées doubles au déjeuner de la gargotte, de trottins en courses, de petites bourgeoises et de flâneurs. Tout ce monde vient s'initier aux manières des gens du monde que les mises en scène du théâtre de Grenelle et de la Gaîté-Montparnasse traduisent insuffisamment.

On jase et on caquette ; on parle de son métier ; on cause des voisins. Une ouvrière lit à une amie la lettre de rendez-vous que lui donne, à la sortie du collège, le fils du patron ; des margeurs d'imprimerie se disent le nombre de feuilles qu'ils ont chipé, ce qui entre eux provoque des éclats de voix.

Un mouvement dans la foule indique l'arrivée des voitures ; les têtes se tournent, les regards se dirigent vers le porche pour voir défiler le cortège.

Le cocher, de haute taille, est dressé sur son siège, le fouet à la main, comme un héraut d'armes, pendant que le valet ouvre la portière aux rechampis brillants. La voiture armoriée déverse, devant les marches, sur le grenat sombre du tapis, son flot de chamarrures de dentelles, de fracs, d'uniformes et de frou-frous de soie. Les chapeaux de femmes produisent au loin l'effet de monstrueuses fleurs tropicales, dominant de leur éclat la palette adoucie des corsages et des boas, des jupes aux tons calmes et des dentelles historiques.

Chaque voiture apporte avec elle des motifs d'observations que chacun traduit suivant ses goûts et ses préférences. Pour une fois, le peuple prend contact avec les attraits du beau linge; apprend ce qu'est une douairière dont le face-à-main d'écaille pend au bout d'une chaîne d'or. Il sait comment se tient un éventail où des bergeries Watteau s'enchâssent dans la nacre. Comment, sous le bras, s'insère le chapeau claque, et dans quels gestes arrondis s'inscrit la grâce de donner le bras aux dames.

Une à une, toutes les voitures passent, laissant, les uns derrière les autres, les couples que le protocole a formés et qui se rangent sous le porche.

Bientôt, c'est la mariée et son coupé. La blancheur de sa robe lutte avec la pâleur des camélias, des lys et des roses ; et le frac du père, avec sa tache rouge à la boutonnière, paraît comme serti dans cette symphonie blanche.

La tête haute, le corps droit, il passe gravement avec la mariée à son bras : la mariée, belle, pas trop grande, brune et forte marchant avec grâce, inscrivant, sous le voile, une taille ronde, souple et ferme.

On se tait. Le respect de l'acte apparaît aux moins dociles. Et, au moment où les orgues emplissent les voûtes de leurs ondes, les réflexions s'échangent entre les groupes.

— T'as vu c'te dentelle ! dit un trottin, y en a pour de la galette !

Tandis qu'un des margeurs, émerveillé de la beauté de la mariée, appréciant au moins les mystères du contenu autant que la richesse du contenant, laisse tomber cette exclamation concise :

— Al' est rien gironde, la gonzesse !

Tout à l'heure, à la sacristie, aux présentations, se formera la gerbe de compliments menteurs, de gracieuses paroles de commande et de félicitations réciproques.

L'hommage d'admiration du margeur restera toujours ignoré !

Le Petit Tonnelier

Oh ! la poésie de ces petites boutiques de faubourg ! J'en connais une qui en formait la synthèse et que je me plaisais à fouiller amoureusement, surtout le soir en regagnant ma demeure. Je la regardais comme un amateur regarde un petit tableau de maître hollandais, l'analysant à plaisir, y découvrant, chaque fois, un détail qui m'avait échappé. C'était un tonnelier, au fond de Vaugirard ; il y avait, là, toute une nichée de gosses qui s'ébattaient, autour des sacs de bouchons et à l'intérieur des baquets. Un gros tonneau peint en vert, ceinturonné de deux cercles noirs, était tenu par une potence, au-dessus de la porte, basse mais large, garnie de chaque côté de petits tonneaux, de brocs, de mesures à grains, de chantiers. Capuchonnés, accrochés sur les bords, des faisceaux de rince-bouteilles, étalaient, en éventails, leurs cylindres de poils ; des tapoirs, de petits brocs cerclés de cuivre rouge ; des écheveaux de cadenas déferlaient sur un fond de futaille qui contenait des bouchons, étiquetés par des pancartes en indiquant le prix suivant la qualité.

On ne savait où mettre le pied dans cette boutique que tout encombrait : seaux à terre remplis de bondes ou de bouchons, bocaux alignés sur une tablette... modèles de bouteilles. Partout, accrochés aux poutres du plafond et aux murs, des balais, des lanternes, des chandeliers de cave, en tôle, à la cuvette évasée. Une pyramide de bouteilles apportait les avantages de sa construction décorative aux besoins d'étalage, et ses branches étaient garnies, comme un arbre de Noël, de pelottes de ficelle, d'anneaux de fil de fer, d'étiquettes de faïence sur lesquelles on lisait : « Médoc » ou « Saint-Emilion ». Plus loin, des battoirs et des pièges à souris, et tout l'encombrement des mille objets de la profession de tonnelier.

Au milieu de tout cela, un homme tout rond, sans barbe, avec une jambe de bois, s'agitait à la présence d'un client, ou somnolait doucement, la pipe aux dents, l'esprit livré au méticuleux triage des bouchons, qu'il distribuait dans de grandes écuelles de bois. Une grande femme maigre, au fond, promenait sa silhouette sur les assiettes pendues au mur d'une arrière-boutique qui était la salle à manger.

Cette salle à manger, ce réduit plutôt, où l'on mangeait, s'estompait le soir dans une poussière rose, où les taches lilas et vert pâle des tabliers des gosses piquaient leurs notes de couleurs ; la nappe de toile cirée, aux carreaux rouges, marquait le maigre espace entre chacun. Un grand gaillard à tête rousse, une autre femme, la mère des petits, complétaient, le soir, la réunion de cette famille paisible, livrée à un labeur quotidien toujours pareil, usant, avec quiétude, des jours sans peine et sans ennuis.

Et je me plaisais toujours à ralentir le pas, aux soirs d'hiver, pour me réconforter de cette vie simple qui échappait aux atteintes du temps, se continuant comme elle avait dû être autrefois, s'écoulant comme s'écoule un fleuve dans le décor d'un horizon tranquille.

. . . .

Un soir, devant la boutique, à la porte, des voisins rassemblés, des passants, encombraient le trottoir. Un remous de gestes, des têtes curieuses, butant le nez sur les vitres, indiquaient chez mon tonnelier quelque chose d'anormal.... Un commencement d'incendie, sans doute ?.... Un des enfants mordu par un chien, peut-être?.... J'approchai, plus curieux que bien d'autres, pour savoir la cause qui dérangeait la vie paisible du petit coin si souvent observé, où ma pensée se reposait, le soir, des vilains contacts que la vie m'imposait souvent.

Je ne compris pas grand chose, tout d'abord. Une chandelle brûlait dans un chandelier de cave, la porte du fond était fermée ; devant le rideau, des ombres s'agitaient.... J'interrogeai mon voisin, un passant, qui, comme moi, demandait de quoi il s'agissait et auquel une vieille femme effarée, portière de la maison voisine, répondit :

— C est le fils du tonnelier qui vient d'étrangler sa femme !.... Tenez, elle est là, au fond ; mais il n'y a rien à faire : elle est morte !

A Saint-Étienne-du-Mont

On va fermer ; de lentes processions s'écoulent vers les portes. Bientôt l'église se vide. Au fond de quelques chapelles, seules, de rares formes demeurent, éclairées par la pâle lumière d'une lampe. Ces formes sont figées dans l'immobilité d'êtres qui seraient morts. Un homme à figure pâle, avec une barbe qui lui mange les joues, pétrit d'une main osseuse un front saillant et dénudé, comme s'il voulait y comprimer des pensées.

Plus loin, c'est une femme jeune, en noir, drapée comme une nonne dans l'harmonie des plis d'un long voile. Elle est affaissée sur le prie-Dieu comme une pauvre loque humaine sans force et sans vie ; la tête penchée semble quitter le corps pour rouler à terre. Seule, une mèche blonde, s'échappant du cou, paraît monter en l'air comme la flamme d'un cierge.

Puis, une vieille femme, aux cheveux blancs, agenouillée, reste encore..... Une autre traîne péniblement ses pas..... s'en va, lamentable, vers la porte de sortie entrebâillée, comme ferait une chauve-souris attirée par la lumière.

Et toutes ces ombres et toutes ces formes font penser aux blessés de la vie, aux pauvres cœurs meurtris qui ne sont pas faits pour le dur contact des réalités; à tous ces humbles et à tous ces sensibles qu'un rien froisse et qu'une douleur tue, et qui viennent chercher, là, l'apaisement et l'oubli, ainsi que de pauvres oiseaux apeurés venant se réfugier sous des pierres pour pouvoir y mourir en paix.

Changement de Propriétaire

Le bistro, encore une fois, trouvait un nouvel élu à la distribution des apéritifs et des tue-vers. En lettres noires, sur fond de calicot blanc, l'évènement était annoncé au voisinage :

OUVERTURE SAMEDI A QUATRE HEURES.

Une prime sera offerte à tout consommateur.

Les semaines qui précèdent ces installations sont toujours joyeuses. Dans l'activité qui règne autour de l'évèvement annoncé et devant les projets de réussite de l'affaire, des amis, des parents viennent, donnant leur avis, trouvant toujours tout très bien.

L'animation du lieu s'augmente des grimpées à l'échelle des peintres en bâtiment donnant le dernier coup de pinceau et du va-et-vient de tous les courtiers aux gestes arrondis qui viennent proposer leurs services à la nouvelle proie qui s'offre.

Et le patron, en manche de chemise, derrière le comptoir, où, dorénavant, il officiera, se délecte devant les consommations à l'œil qu'il verse, en supputant les bénéfices futurs de son entreprise.

Le jour de l'ouverture arrive, enfin ! Dès le matin c'est un branle-bas de combat comme pour le lancement d'un cuirassé. Tout le monde est sur le pont, rangeant, astiquant, essuyant...., faisant manœuvrer le robinet du gaz.

Bien des améliorations d'ailleurs sont venues parer l'établissement : verrerie nouvelle, coquettes tables de marbre ; un percolateur pour le café, un allumoir perfectionné. Des tableaux de réclame tous neufs envoyés par les fournisseurs. Tout aide à la parure et à la restauration de l'établissement dont le nouveau propriétaire est fier comme d'une œuvre destinée à prendre place parmi les fastes du quartier.

Tous les six mois les choses se renouvellent de la même façon. Avec la même confiance un nouvel acquéreur remplace celui qui a fait faillite ou qui se défile prudemment avant le désastre.

Le changement de propriétaire est annoncé sur la même bande de calicot blanc; les mêmes fournisseurs s'y donnent rendez-vous.

La même prime y est offerte; les mêmes consommateurs figurent à l'ouverture comme d'autres vont à une première du Français. La vie continue pareille; et, malgré les changements répétés bien des fois, rien ne change.

La Pluie

Elle tombe drue et serrée, enveloppant tout d'un voile gris, masquant l'horizon d'une trame de vapeur dense où scintillent quelques lueurs qui viennent des premières boutiques éclairées, allongeant sur le glacis des trottoirs des traînées de lumières, qui viennent lutter avec les derniers rayons du jour.

La peau se glace à cette tombée de jour d'octobre; c'est la rentrée des bureaux et des ateliers. Tout le pauvre monde du labeur quotidien, le dos courbé, les mains dans les poches, harassé, crotté, regagne le logis, n'ayant récolté en route que la formule courante de traduire son ennui par un : « Quel chien de temps ! »

Le pittoresque des jours de pluie n'apparaît,

dans la variété sans cesse renouvelée de ses décors, qu'aux stoïques rêveurs et aux irréductibles amoureux de la rue !

Sur les routes, dans les rues de villages, dans les sentiers qui traversent les plaines, la pluie n'apporte jamais qu'une décevante tristesse. Elle obstrue tout, se rend maîtresse des éléments, devient dominatrice de tout ce qui vit et de tout ce qui se meut, asservit la vie sous la lugubre enveloppe qu'elle laisse tomber sur les choses.

A Paris, dans les rues agitées du mouvement des foules, peinturlurées de ses variétés de couleurs, vivantes par la différence des formes et des objets qui s'y agitent, la pluie devient créatrice ; elle modifie tout, transpose les couleurs, change l'allure des silhouettes, demande aux lumières des reflets imprévus, tortionne les gestes, créant, dans son atmosphère d'ardoise, des harmonies délicates où les roses qui sont gris et les gris qui sont roses s'associent au profit du charme pénétrant qu'il y a à deviner les choses plutôt qu'à les voir.

Laissons les fous arrêtés au coin des carrefours, dédaigneux de la pluie qui tombe, regarder les jolis zigzags que les bocaux du pharmacien font serpenter entre les pavés, sur ces pavés où le petit trottin pose son pied coquet, montrant mieux qu'aux jours de soleil la petite cheville nerveuse qui le soude à la jambe fine, le libérant des entraves du jupon protecteur qui se lève plus haut qu'un autre jour, sous la pluie qui tombe drue et serrée, créatrice de la vie, de la couleur, et du mouvement des rues de Paris.

Monsieur Rousseau

C'était un homme gras, qui avait toujours l'air de parler dans un verre de lampe ; sa poitrine graillonnait comme le chant d'un mironton dans les flancs d'une marmite sonore.

Il était docte, solennel en ponctuant ses phrases qu'il séparait en pesant sur les finales.

Toujours en redingote et en chapeau haut de forme, il ignorait le pittoresque des tenues estivales et l'agrément des étoffes légères.

Il s'appelait « Monsieur Rousseau. » Ses amis les plus intimes, sa femme, sa belle-mère ne lui disaient jamais que : « Monsieur Rousseau ».

Le mot : « Monsieur » ne semblait pouvoir être désassocié de son nom. C'était la parure de son prestige moral comme le chapeau haut de forme était celui de sa tenue extérieure.

Sa situation, cependant, ne comportait nullement un tel lustre. Monsieur Rousseau était entrepreneur de fumisterie.

Au lever du jour, été comme hiver, en chapeau haut de forme et redingote, il soufflait à son personnel des ordres concis et péremptoires.

Aux observations qui lui étaient faites, il répondait par un : « Du tout », qui vous clouait le bec incontinent. Il avait, avec ses bras courts, la science de l'autorité du geste et la majesté de l'attitude.

Et je me le rappelle, aux levers de soleil d'hiver, dans cette cour de vieil hôtel du Marais, au balcon chantourné, où des trumeaux mythologiques encadraient le nom d'un marchand de produits pharmaceutiques..., je le vois toujours, devant les portes ouvertes de la remise où se rangeaient les échelles, entouré de cinq ou six compagnons fumistes, auxquels il donnait des ordres, du ton qu'il aurait eu s'il avait commandé une escadre. J'entends le graillonnement de basse profonde qui sortait du verre de lampe et venait bercer mon demi-sommeil.... je perçois encore la sonorité des : « Du tout » qui tombaient sur les dalles de la cour pour rebondir jusqu'à moi.

Nouveau Ménage

L'homme, la tête sur les bras, plié sur la table du marchand de vins, hoquetait comme un tonneau débondé. De temps en temps la main fouillait la broussaille de ses cheveux roux ; les doigts semblaient s'endormir dans les mèches, puis, soudain, se crispaient, et la main s'abattait sur la table en un « Nom de Dieu ! » formidable.

Comme il avait déjà absorbé des litres et deux absinthes, que la clientèle était absente de l'établissement, le patron jugea bon de le laisser cuver sur place la biture, qu'en somme, il avait consommée chez lui.

Après quelques ronflements sonores, il s'ébroua comme un animal qui aurait dormi dans l'herbe, la tête allongée entre les pattes, et repiqua ses doigts crochus dans ses crins rouges.

— Nom de Dieu ! elle ne viendra pas, la garce !

Puis il vida son verre, accrocha son menton dans sa dextre, maugréa un instant, abattit la tête sur la table et repiqua un *chien* prolongé.

Le réveil, une heure après, fut corrigé par le réconfortant apaisement d'une heure de pionce.

— Patron, y n'est venu personne me d'mander ?

— Personne, répondit l'homme qui astiquait son comptoir avec du grès.

— Quelle heure est-il ?

— A peine cinq heures.

— Y a du bon.

En effet, un quart d'heure ne s'était pas écoulé, qu'une femme entrait, portant dans ses bras un gosse.

— Te v'là, c'est pas trop tôt ! Eh bien ! ça y est-il ?

— Ça y est, il est plaqué ! Mais foutons le camp, il était saoûl ; il avait son œil mauvais, pourvu qu'il ne m'ait pas suivie.....

L'homme régla les consommations, prit, avec la femme, un autre verre au comptoir.

Et tous deux, par la nuit qui tombait, se perdirent dans une longue rue noire, bordée de murs sinistres, qui parut les engloutir dans quelque chose de vague qui ressemblait à l'enfer.

Butte-aux-Cailles

La cour étroite est entourée de constructions d'un étage qui tombent de vétusté. Des parties recrépies, des pièces de bois ou de zinc calfeutrent les plâtres qui menacent de tomber. Au rez-de-chaussée, des portes sales, des fenêtres aux rideaux fanés... aux vitres blanchies à la céruse montrent des places salies par le contact des mains, griffées par des ongles d'enfants. Au premier : des matelas, des couches, de vieux tapis usés, avec des trous, dont la trame limée donne des aspects de filets de pêche ; des coins d'édredons, vineux, pendent comme des outres pleines ; et sur tout cela tombe le claquement des portes, les voix de femmes s'appelant de fenêtre à fenêtre, en descendant vider des pots ou des paniers d'épluchures dans un coin où des poules picorent sur le tas de fumier où chacun déverse le trop plein de la maison.

Des cochons d'Inde sont enfermés dans une caisse à savon, recouverte d'un treillage, sur lequel sont posées des briques et un large couvercle en fonte. Au milieu de cette cour, un vernis du Japon pousse, étalant ses branches, le pied entouré d'un cercle de gazon galeux sur lequel des enfants jouent.

Tout à l'heure, l'homme, marchand de poussier de motte ou manœuvre à trois francs d'indéfinissable industrie, rentrera ; et, avec les gosses, autour de la table montée sur des pieux fichés en terre, on mangera pour ne pas crever et pour recommencer demain la même vie... pour la subir toujours dans la suite des jours, en ne laissant pas échapper une plainte.

Qui a pénétré là ? Qui s'est enquis de ce qu'on y fait, de ce qui s'y passe... de ce qu'on y souffre ? On ne cueille pas au bord des routes les pauvres fleurs qui ne se montrent pas, qui vivent et qui meurent cachées sous les hautes herbes, ensevelies sous les pierres. Paris, pour bien des gens, c'est ce qui se voit et ce qui attire ; le reste ne compte guère, n'existe même pas, et la fourmilière n'a guère d'explorateurs qui vont plus loin qu'où le plaisir les entraîne, et où le snobisme les mène. Les Privat d'Anglemont et les Delvau n'ont pas fait souche. Les exploits d'apaches et les mœurs de filles, seuls intéressent. On ne s'occupe guère d'aller chercher, dans les coins de Paris, toute la vie, toute la fermentation, tout le levain de forces que la misère et la souffrance y concentrent.

Réveillon

Il était dix heures. La rue de la Gaîté emplissait le quartier de son bruit et de ses lumières. Les portes des boutiques, les allées des maisons déversaient, sur le trottoir, des hommes en bourgeron, des femmes en caracos; des fillettes et des apprentis emportaient au logis de la mangeaille et des litres.

Les garçons de marchands de vins, la serviette autour du cou, couraient d'une table à l'autre, emplissant les verres, rendant la monnaie, torchonnant d'un coup rapide les miettes laissées sur les tables. Et, cela, allait continuer toute la nuit. Aux gens paisibles, réveillonneurs à l'heure du dîner, allaient succéder les noctambules, friands des mangeailles nocturnes.

Les charcuteries étaient assaillies de fillettes en cheveux sortant avec des paquets, enfouissant dans des filets les aunes de boudin et les pieds pannés. Les paniers de portugaises, aux portes des bistros, se vidaient en un clin d'œil, laissant sur le trottoir des monceaux de coquilles. Les fruiteries, les pâtisseries, les grandes épiceries, tout ce qui peut satisfaire les besoins de mangeaille par la variété des produits, subissaient l'assaut formidable d'une clientèle mettant, ce soir, tous les soucis de côté, s'apprêtant aux ardentes mastications d'un jour de noce.

Toute cette coulée humaine, porteuse de provisions, comme à la veille d'un siège, s'engouffrait, happée par les portes d'allées des maisons d'alentours.

Les arrières-boutiques se préparaient ; les nappes se tendaient sur les tables ; les portes de la rue, entr'ouvertes, laissaient voir le va-et-vient de la bourgeoise, disposant sur la table les assiettes et les verres.

Boulevard Edgar-Quinet, un marbrier, portes ouvertes, donnait aux passants le spectacle d'une rôtissoire insérant son ventre de métal entre deux tombes. Le feu de bois crépitait dans la coquille, jetant des lueurs dorées sur des croix et des colonnes brisées, allumant des éclats de lumière sur les *De profondis* et des *Requiescat* gravés, en lettres d'or, sur des stèles de granit.

Deux bébés blonds, assis à terre, mettaient à mal le Polichinelle et les poupées apportés par les amis qui, dans l'arrière-boutique, faisaient un besigue en attendant l'heure.

Le tourne-broche, laissé aux soins d'un grand'père, assis sur une chaise basse, suivait le mouvement régulier imposé pour la bonne venue d'une cuisson égale et savante. L'oie se dorait sous l'aspersion du jus qui, de temps en temps, tombait de la cuillère bleue émaillée que le bonhomme maniait. La croûte de peau, dorée, gonfflée, se crevait, laissant échapper de petits jets de vapeur qui fusaient dans l'âtre.... Au fond, un homme, en bras de chemise, ouvrait des huîtres; la nappe blanche éclatait sur le fond de la lumière chaude, que l'abat-jour rouge-sang de la suspension, distribuait dans cette arrière-boutique.

La gaîté était sur toutes les figures, au milieu de ces tombes, et il semblait que, parmi des morts, on fêtait une vie immortelle dans le souvenir de la naissance de Celui qui l'avait apportée à l'Humanité.

. . . .

.... Un des bébés arracha la tête du Polichinelle et se mit à pleurer.... Le patron avait fini d'ouvrir les huîtres.... La partie de besigue était terminée... On se mit à table. Seul, le grand'père continua le va-et-vient du tourne-broche et la tombée du jus doré sur l'oie, dont la peau crépitait au milieu du silence de toutes ces tombes.

31 Décembre

Le monde des affaires chauffé à blanc par les chiffres. Les bureaux des maisons de banque envahis dès le matin par des garçons de recette, des comptables, des apprentis, s'emplissent de toute la variété du monde qui a besoin, ce jour-là, de cent sous ou de cent mille francs.

Dans un coin, un gros monsieur parlemente avec le chef de bureau, fait des gestes de désespoir devant la raideur administrative du chef, à moustaches noire, soigné et correct, qui termine l'entretien par un « *Non possumus* » qu'on devine. A la caisse, le gros monsieur enfourne dans un portefeuille plus de trente mille francs et sort, vite, avec des airs de désolation, pendant que, le suivant au guichet, une pauvre vieille femme paraît radieuse d'avoir, à palper, en pièces de cent sous, trente-cinq francs.

Les rues du centre sont sillonnées de gens affairés, qui ont l'air de fous ; qui fouillent dans la poche de leurs pardessus, bousculent le monde sur les trottoirs ; de garçons de recette en tricorne et habit bleu traversant les rues, entrant dans les boutiques, disparaissant sous les portes cochères....

Dans l'immense creuset où tout arrive à se fondre, la bonde est enlevée ce jour-là. Toutes les activités, toutes les forces, tout ce qui vient de l'intelligence ou de la noce, de la malchance ou de la veine, des opérations louches ou des besognes tranquilles, tout, ce jour-là, prend la même forme : celle d'un petit carré de papier ; et, de tout le déchet qui restera ce soir derrière les guichets de la banque sortiront des nuits sans sommeil, des énergies vaincues, des suicides ignorés, des morts sur le grabat d'hôpital.

La petite feuille de papier deviendra demain l'arme plus redoutable et plus menaçante que le marteau d'enclume ou que la plus formidable boîte à mitraille.

Passant des agences louches aux banques, allant, des huissiers aux tribunaux, le petit morceau de papier continuera sans arrêt, avec une certitude algébrique, sa terrible besogne de broyeur de cervelles.

. . . .

« *Au trente et un décembre prochain, je paierai.....* »

Ce sont ces quelques mots, répétés par cent mille, qui créent la fièvre de ce jour de fin d'année. Et demain, pour ce premier jour de l'an qui se lève, les petites feuilles de papier, lancées à pleine volée ainsi que des boulets perfides, pourvoiront l'avenir de plus de désespoirs et de plus de deuils, que bien des choléras et que bien des incendies....

1er Janvier

Un café, rue de Rivoli. Monde bourgeois de commerçants du quartier qui rentrent avec leurs femmes et leurs gosses de la promenade aux grands boulevards ou des visites aux marraines. Café bondé ; des smalas sortent, n'y trouvant pas de place. Tout le monde est à son poste, autour des verres et des carafes.

Des jeunes gens, commis de magasin ou arpettes, écornent en apéritifs les largesses du patron, dont manifeste, déjà, le porte-cigarette en écume ou le foulard écossais. Des soucoupes de cigares cravatés de rose et de vert, des paquets de cigarettes, entourés de faveurs, marquent la place de chaque groupe de consommateurs. Des habitués, au fond, jouent aux dominos et commencent le culottage de la longue pipe Gambier offerte par le garçon, avec le nom du client inscrit sur le tuyau en lettres d'émail blanc.

Une odeur d'orange, d'absinthe et de cuir de Russie s'émulsionne dans la fumée des pipes et dans la chaleur molle qui engourdit l'atmosphère. Une famille de banlieue, nombreuse et bruyante, sirote des grogs américains, ce qui est la consommation distinguée des jours de fête. Sur des tables, des enfants, pendant que les parents escomptent les chances de bonheur de la nouvelle année, essayent la toupie hollandaise, ou dressent, en ligne de bataille, les soldats de plomb qu'on leur a donnés.

Des vieux jouent aux cartes. Des mères surveillent les enfants, leur mouchent le nez et essuient, sur les collerettes, les taches de sirop ou de bonbons fondants.

Au comptoir, la patronne, majestueuse, trône en beauté. Son buste copieux émerge d'un corsage crême, entre le tronc des garçons, enrubanné comme un chapeau de conscrit, et le pot de maillechort, évasé comme un calice, où sont rangées des cuillères. Des bouquets de fleurs, dans des vases de fête foraine, se reflètent dans la glace. Assise au comptoir, une fillette de sept à huit ans apporte à la vulgarité du décor le délicieux attrait d'une petite tête pâle, longue et fine, aux traits délicats, que de jolis cheveux châtains harmonisent dans la note tendre d'un Velasquez qui serait, là, comme mis dans le cadre d'une chromo de tombola.

Les Fenêtres

A l'horizon, quand la nuit vient, au faîte des maisons de faubourg, au loin, les fenêtres mansardées s'allument et leur éclat, serti dans la toiture des tuiles noircies, apporte, à des heures différentes, les lueurs d'or que les vieilles lampes jettent sur les rideaux où s'inscrivent des ombres qui passent dans la lumière qu'on promène.......

Et la vie inconnue sort des fenêtres, plus prenante par son mystère qu'elle ne le serait par des réalités.

C'est un pauvre dos rond, fatigué, qu'on entrevoit. C'est une taille svelte et souple qui s'inscrit une minute sur le fond du papier à fleurs. C'est la silhouette d'un enfant qui grimpe sur une chaise.

On perçoit l'heure du dîner par le groupement des ombres : le déplacement d'un geste indiquant le plat qu'on avance..., le coude en l'air tenant la bouteille qu'on verse ; la lampe enlevée un instant fait un trou noir, revient ensuite, inscrivant son passage, dans un

LES FENÊTRES

cercle, avant de reprendre, sur la table, sa place accoutumée.

A côté, c'est la fenêtre plus obscure dans une lueur rousse où rien ne se meut : le repas solitaire du vieux ou de la vieille recroquevillé près du poêle, mâchant quelque aliment sordide arrosé d'une maigre pitance d'eau rougie.

Que se passe-t-il dans ces pièces dont la lumière indiscrète vient trahir la vie ?

L'apparence des choses entrevues seule vous frappe ; l'incertitude prolonge l'attention, émousse le désir d'analyser, éveille l'imagination, la pousse vers des riens à l'aide desquels elle construit un tableau de toutes ces choses ignorées, et de tout cet inconnu viennent des sensations qui vous font pénétrer un peu dans la vie des autres.

Un Garçon de Café

Je n'ai pas connu d'homme plus primitif qu'Alexandre. Venu à Paris à quinze ans, il entra comme plongeur, puis comme *omnibus* dans un café où il est encore. Voilà quarante ans ! Les patrons ont changé ; le café a été repeint, retapé vingt fois ; l'électricité a remplacé le gaz. Tout s'est modifié, transformé dans ce coin où s'est passée sa vie ; lui seul n'a pas bougé. Ses cheveux, sa barbe, grâce sans doute à l'artifice de la chimie, n'ont pas changé non plus.

Il s'est marié jeune et il est à la tête, aujourd'hui, d'une nichée d'enfants. Il est grand-père. Il ignore de la vie tout ce qui est autre chose que le nettoyage de ses tables le matin, la jetée de sable jaune dans l'établissement, le nom de la variété de toxiques qu'il sert et la nomenclature des journaux qu'il ne lit jamais et dont il connaît seulement les titres.

Il a tout vu, tout entendu de ce qui s'est passé pendant deux générations dans le café où il sert ; il ne lui est rien resté, que le nom des clients. Noms qu'il écorche toujours, sans merci, impitoyablement. A l'exception du boulanger, du boucher et des gens d'alentour, il ignore aussi ce que sont les professions. Il sait qu'un médecin soigne les gens malades et c'est tout ; et s'il sait qu'il est sur terre des avocats, il ignore à quoi ils peuvent bien servir.

Il a appris le nom de Victor Hugo le jour de ses funérailles et ne sait de lui qu'une chose : c'est que c'était un sénateur.

Alexandre a deux jours de congé par mois et, invariablement, les jours où il se retrouve comme tout le monde, sont employés ainsi : Le matin on le trouve dans son quartier, entouré d'une partie de sa nichée de gosses, fumant une longue pipe flamande. Il va, il vient, il tournaille autour des boutiquiers d'alentour avec qui il fait un brin de causette. L'après-midi, il met une redingote, se coiffe d'un chapeau haut de forme et se promène dans le Luxembourg ; puis il va prendre l'apéritif dans un café pour se donner, ce jour-là, la satisfaction d'être un consommateur, de se sentir, deux fois par mois, l'égal de ceux qu'il sert tous les jours.

Je lui disais, un jour qu'il m'annonçait la venue de *son septième :*

— Mais vous ne vous arrêterez donc pas, Alexandre ?

— Comment voulez-vous, Monsieur, c'est forcé. Tous les jours je rentre à deux heures et demie du matin ; ma femme dort. Le mercredi, je suis libre à onze heures. Alors, la bourgeoise a acheté des portugaises, une bonne entrecôte, un bon fromage, une bouteille de Bordeaux ; on dîne tranquillement....; puis, après, on s'amuse tous les deux !.....

Et il ajouta en philosophe :

— Allez, ça vaut encore mieux que d'aller voir les femmes des autres !

Esthètes

Le Luxembourg est le seul des jardins de Paris où se puissent rencontrer des hommes de vingt à trente ans qui paraissent être nés sous Louis-Philippe.

A la tombée des soirs d'hiver, aux crépuscules d'été, des silhouettes qui rappellent des dessins de Devéria et de Gavarni se détachent sur les fonds de lauriers-roses ou sur le squelette des marronniers.

La candeur et la naïveté de ces jeunes gens me cause toujours des impressions douces. Ce sont des rêveurs qui ont une façon de rêver à eux, ou, plutôt, une façon de rêver d'eux.

N'étant pas attirés par la matérialité des

choses, ils confectionnent soit de la peinture, soit des alexandrins.

Des manteaux à l'espagnol, des chapeaux Rubens, des redingotes serrées à la taille, des cheveux qui nimbent le front, s'étalant en boucles sur des cols de velours, précisent mieux leur semblant de professions que ne le sauraient faire leurs travaux incertains.

Eh bien, ils sont admirables ! Et, quoique entrevoyant qu'ils se préparent au lit d'hôpital, il faut les envier. Ils ont leur raison d'être. Ils sont les gardiens de traditions et d'usages disparus. Ils évoquent les temps passés, tout aussi bien que les bibelots d'un musée. Il font penser à la littérature romantique, et à la peinture du temps où on peignait avec la passion de peindre.

Ils ont un rôle social qui en vaut un autre. Ce sont les derniers qui s'attaquent au bourgeois sans arrière-pensée et sans profit. S'ils sont irrespectueux envers les gloires consacrées, cela ne les empêche nullement de soigner la leur. Ce sont des arrivistes qui n'arrivent pas, voilà tout. C'est leur façon à eux de se distinguer des autres.

Ils ont la spécialité de découvrir des filles

anémiques, aux oreilles sales, qui leur donnent tout autant de plaisir que les autres. Dix ans après on les retrouve vendant des olives dans les cafés ou mariés avec une entrepreneuse de la Belle Jardinière, ce qui leur permet de continuer à faire de la peinture qui ne se vend pas ou d'aligner des hexamètres qu'on retrouve quelquefois dans les bonbons à surprise.

Un Vert-Galant

Monsieur Mabulet avait comme prénom Léandre.

C'était un des rares hommes qui ne savaient pas être ridicules, l'été, en portant des redingotes en piqué blanc, un gilet écossais rouge, des pantalons à pied, noisette, des cravates en mousseline légère comme des fumées d'encens, et des gants en filoselle.

Il était du Midi, — *Très,* suivant le nouveau vocable. Fils de bonne famille, riche un peu, il avait sabré ferme, en quelques années, sous des jupes variées et quelquefois sensationnelles, un patrimoine marseillais venu de la consommation des savons et du débit de l'essence de rose.

De l'origine de son capital, il avait gardé un côté onctueux et lubrifiant dont profitait l'harmonie de phrases qu'il allongeait avec coquetterie et qu'il émettait en des sons que ne gâtait pas un léger bégaiement.

Il vivait en ermite, dans une maisonnette de quelques pieds carrés, adossée, à Sèvres, au flanc de Brimborion et qui faisait partie des communs du château des filles de Louis XV. Cette maisonnette était crépie en un ton rose passé ; elle avait l'aspect de ces projets en carton qu'on voit dans les vitrines des sociétés de maisons à bon marché.

Du pont de Sèvres, on voyait cette petite tache rose sertie au milieu des noisettiers et des lilas qui ornaient le jardin où il cultivait la fraise quarantaine, les petits pois et les artichauds.

Monsieur Mabulet était aristocrate. Il avait vécu dans le monde des fêtards fin d'empire ; il narrait, non sans esprit, les frasques de la bande Grammont-Caderousse. Il avait tutoyé des maîtresses à Paskowitch et il disait encore : « Le Corps législatif » en parlant de la Chambre des Députés. Des mots, des fragments de phrases démodées, lui restaient.

Il savait appeler une femme : « Charmant lutin » et chevrotait, d'une voix d'épinette, des romances sentimentales de Frédéric Berat ou de Loisa Puget.

Volontiers, encore, il chassait la bergère. A la musique des Tuileries, assis dans un fauteuil, il guettait la modiste de province sur la quarantaine qui vient à Paris pour faire ses achats mais qui n'est pas fâchée de retrouver le parfum de quelques heures de sa jeunesse en compagnie d'un homme du monde.

Dans son réduit, là-bas, il troussait à la hussarde, un jour la porteuse de pain, un jour la bonne du laitier..... Et, sifflant un air de chasse en pensant aux prouesses d'Henri IV, il se disait que, lui aussi, était un vert-galant ; et, en homme du Midi, il savait narrer ses prouesses avec grâce en les exagérant souvent et en les inventant quelquefois.

Phonographe

C'est un progrès appréciable de pouvoir entendre un ténor sans être obligé de voir le cul-de-poule d'où il sort ses sons.

Le phonographe nous a apporté ce progrès. Il n'est pas de rues larges ou petites, passantes ou ignorées, où ne se trouve une boutique garnie d'immenses tulipes aux couleurs variées qui sont les pavillons des phonographes qui rotent dans la rue de la mélodie à gueule-que-veux-tu !

Des attroupements se forment devant ces officines de sons. Les oreilles n'en paraissent nullement écorchées. Pour pas cher chacun peut posséder chez soi l'instrument nécessaire à vous dégoûter de la musique pour jamais.

Ces engins destructeurs se vendent en plus grand nombre que les pièges à attraper les rats, quoique ce ne soit pas les chats qu'ils attrapent qui leur manquent.

Il est des gens qui pensent à l'air de flûte d'un berger ; à quelque menuet d'autrefois qu'une jeune fille savait tirer d'un clavecin vieillot ; aux larmes qu'un artiste savait arracher à l'âme d'un violon ; aux plaintes que le vent fait sortir d'une rangée de sapins ; au bon coup de gueule d'une chanson gauloise qu'un ouvrier, debout, devant la table, un jour de fête, jette, dans toute sa mâle rudesse, aux compagnons assemblés autour de lui.

Eh bien, non ! Tout cela est fini ! On met en bobines l'âme des Mozart, des Chopin et des Pierre Dupont, et on vend ça, payable tant par mois. Il est des cas où il est tout à fait impossible de nier le progrès, et, ce qu'il y a de plus sage, c'est d'en convenir, dût-on garder une larme au coin de la paupière sans oser le dire à personne, pour ne pas avoir l'air d'un sot.

Cartes postales

Envahissant l'étalage de la petite boutique du faubourg, elles sont là, les petites feuilles de bristol, serrées sur les tablettes ou accrochées en pyramide devant la porte, invitant le passant à l'éducation écœurante de leur piteuse miévrerie.

Des garçons coiffeurs, habillés en lieutenants de hussards, assis sur des bancs de jardins, enserrant la taille de quelque fille de Montmartre, traduisent les chastes émotions des premiers contacts amoureux.

Des bébés en cire molle, s'échappant de fleurs entrouvertes, envoient des baisers réglementés par le sens esthétique d'un photographe.

Des oiseaux estampés dans de la gélatine, hurlent leurs couleurs d'aniline, dans la cacophonie des plus exaspérants mélanges.

Des soldats en permission courtisent des filles de ferme, en jupon court, qui ont renversé leur pot au lait ou cassé leur cruche.

Les monstres qui fabriquent ces inepties, qui coûtent le prix d'une livre de pain, les accompagnent de vers au nombre de pieds variables qui sont alignés par le comptable de la maison.

Ces choses s'achètent, se donnent en cadeau, s'envoient par la poste aux quatre coins du monde. Elles transmuent notre esprit français en la plus décevante des mièvreries.

Des gens qui paraissent honnêtes et bien portants les achètent. Des jeunes filles, au sortir de la messe, le dimanche, régalent leurs yeux et meublent leur esprit de ces scènes sorties des méditations de gargotiers de douzième ordre.

Appelez les Watteau, les Fragonard, les Saint-Aubin, les Debucourt, les Devéria, les Gavarni, etc., et tous les brillants fantaisistes de notre école moderne à garnir une vitrine de leurs œuvres, le marchand fera faillite le lendemain. La clientèle des garçons bouchers et des bonnes augmente le nombre d'imbéciles que ces choses, écœurantes et bêtes, arrivent à satisfaire.

Téléphone

J'avais avec X. Y. Z..., notre maître écrivain, un entretien sur la philosophie de son œuvre.

— Les contingences, me disait-il, ne sont adéquates qu'à des milieux préparés ; les travaux philosophiques des Pères, la science des religions indoues, les axiomes les plus concis......

— Dinn, dinn, dinn, dinn....

— Vous permettez ? me dit-il, en décrochant le buccin d'un appareil téléphonique qui était devant lui....

— Dinn, dinn, dinn, dinn....

— Allô ! Quoi ? Mais oui, mon appareil marche bien.

Il raccroche à la patère nickelée l'anneau du récepteur.

— Nous disions donc que, sous Philippe-le-Bel, les maîtrises... — non, nous n'en étions pas là..... Pardon, nous partions de ce point de départ initial, qui est aussi bien le berceau que le sépulcre de toutes les philosophies.....

— Dinn, dinn, dinn, dinn....

— Allô, allô ! Mais non, Monsieur, je suis le 12.416, il y a erreur.

Il raccroche le récepteur.

— Ce qui fait dire, bien à tort, à Holbach, que les matériaux condensateurs.... Pardon, j'ai été interrompu, car, avant de passer à Holbach....

— Dinn, dinn, dinn, dinn....

— Allô, allô, allô.

— Oui, oui, c'est moi.

— Parfaitement.

— Oh ! non, pas ce soir.

— Ça m'est très difficile.

Longue pose.

— Alors, c'est entendu, minuit et demi.

Il va pour raccrocher le récepteur, mais se trompe de côté.

— Je poursuis : ce qui fait que les ambiances, au lieu de se déterminer par des apports concrets qui créent des facilités d'instincts, ne se résument que par des données conventionnelles, dont le typique du caractère est emprunté aux nébuleuses affirmations de l'école allemande. Donc...

— Dinn, dinn, dinn, dinn....

— Certainement.

— Oh ! avec plaisir.

— Le temps de monter en auto et je suis chez vous.

Le maître se leva, se donna le relief d'un effet de cravate et, me tendant sa dextre, me dit :

— Excusez-moi, vous voyez, je suis obligé de vous quitter, mais vous savez de moi ce que vous vouliez savoir. Combien est merveilleux ce progrès qui vous permet d'être chez soi, d'y traiter, comme nous venons de le faire, les problèmes les plus ardus, avec tranquillité, et, en même temps, d'être ailleurs, sans rien négliger, car un de ces coups de téléphone me venait de Marseille — une petite amie à attendre au train — et tout se fait parallèlement. La vie est décuplée !...

Et, dans le balancement de son rocking-chair, il semblait chercher l'harmonie d'une phrase qui ne vint pas.

— La vie est bonne, ajouta-t-il. Au revoir.

— Et merci !

Rue Dareau

Flânerie d'une heure, seul, devant un verre de bière fraîche. Cette petite brasserie de faubourg donne, à cette heure, l'illusion d'une vie de solitude, dans quelque sous-préfecture éloignée. La porte ouverte laisse voir un triste mur que surmonte un hangar en bois goudronné. Un bec de gaz laisse tomber son ombre jusque dans le ruisseau, comme une loque qui pendrait du mur; des chiens passent, aboyant; deux femmes, en caracos, parlent fort, d'une voix fatiguée. — Une fillette blonde, à la tignasse d'étoupe, un litre à la main, vient chercher la bière à bas prix pour le père et la mère rentrés tard de l'atelier.

Pas un bruit autre que, de temps en temps, le sifflet du chemin de fer. Aucune voiture ne passe dans cette rue déserte...

Accoudé et tranquille, un peu de paix vous pénètre dans cette fraîcheur du soir... la rêvasserie vient, éloigne la pensée des ennuis du lendemain et va se perdre dans ce grand ciel bleu, où brillent les étoiles, au-dessus des planches goudronnées du grand hangar tout noir.....

Science moderne

Le docteur X... est un de nos savants les plus réputés. Brillamment, il a touché à toutes les sciences et son cerveau encyclopédique, bardé du faisceau des connaissances humaines, lui fait concevoir, en toutes choses, la nécessité de changements, de transformations propres à créer une société entièrement nouvelle. Peut-être, a-t-il l'idée de modifications physiologiques à apporter au corps humain? Là, aussi, il doit y avoir à innover? Nos organes ne sont-ils pas à revoir, à transformer? N'y en a-t-il pas d'inutiles? Des viscères plus propices à un meilleur fonctionnement de notre être n'ont ils pas été oubliés par la nature? C'est ce qu'il nous dira un jour, sans doute, et ce que les découvertes et les rapports académiques viendront proclamer.

En attendant, c'est un outrancier moderniste ; qu'il s'agisse d'un tire-bouchon ou de lampes d'éclairage, de nouveaux moyens de faire reluire les chaussures ou de meubles perfectionnés, tout est nouveau chez lui, pour qui le passé n'existe pas.

Il boit de l'eau, bien entendu, et il attend avec impatience le moment où nos besoins de nutrition quotidienne seront enfermés dans une boulette de mie de pain.

Il est membre d'un tas de commissions, de comités et de congrès. Et, s'il faut démolir un endroit de notre cher Paris qui le pare de quelque beauté, on peut compter sur lui. Il a la bosse de la symétrie et de l'alignement ; il doit être né avec un tire-ligne dans les méninges.

Chez lui, ce ne sont que machines à pomper la poussière, que ventilateurs perfectionnés, que pulvérisateurs saturant l'atmosphère d'un produit nocif aux microbes.

Il a touché à tout avec succès et ses avis sont écoutés.

Une seule chose a, jusqu'ici, échappé à ses investigations ; mais je le soupçonne fort de préparer sur la conjonction des sexes un évènement sensationnel qui apportera à cet exercice les moyens pratiques que la science et le progrès ne doivent refuser à l'emploi d'aucune de nos fonctions.

Je le répète, mon ami X... est une vaste intelligence. Et quoique j'en apprenne plus de la vie en causant avec un scieur de long qu'en discourant avec lui, il me fait penser à ce joli mot, dit par je ne sais plus qui, à propos d'un de ses pareils : « Il sait tout ; seulement, il ne sait que ça ».

Un Pochard

Il est quelquefois des pochards amusants. Celui-là, rencontré dans le quartier du Temple, était plutôt porté vers la tranquillité qu'assure un heureux caractère, que vers les inutiles querelles qu'engendre la mauvaise humeur ; il envisageait, certes, la vie du bon côté et ce n'était pas pour noyer des chagrins qu'il prenait des *cuites*. Ce jour-là, il traînait dans les lacets dont il sillonnait le trottoir, un fantastique morceau de viande qui s'échappait du papier jaune, en une coulée de chair pâle et rose qui touchait à terre.

— C'est une rouelle de veau, me dit-il, la bourgeoise est gueularde ; elle aime ça avec des marrons.... ; quand je m'salis le nez, je rapporte toujours de la boustifaille.... ; comme ça, elle gueule pas ; ou, plutôt, elle gueule moins. J'vas aller piquer un chien pendant qu'elle arrangera ça *aux petits oignons*. Après, su' l'coup de neuf heures, on s'ras frais ! Et puis, ces jours-là, elle sait qu'y a toujours le p'tit dessert des familles. (Son petit œil rond était éloquent et je compris ce qu'était le dessert.) — Elle crache pas d'sus, j'ten réponds !.... Et, demain matin, on r'prendra le turbin...

— Si tu veux, mon vieux, tu n's'ras pas de trop.

Je refusai, je ne sais pourquoi, car c'est une des rares fois où j'ai eu envie de manger du veau.

Rencontre

La neige, dehors, cinglait en petites rafales et refoulait à l'intérieur du bureau d'omnibus de Bicêtre les gens que les enterrements sèment à la tombée des jours d'hiver, dans cette banlieue attristée.

Un homme, vu de dos, assis sur la banquette, se chauffait les pieds au petit poêle de fonte qui ronflait et rougissait le parquet.

— Tiens, comment va ?

— Ah ! c'est toi. Un siècle qu'on ne s'est vu. Je ne te demande pas si tu viens d'enterrer quelqu'un ; que ferais-tu ici, à cette heure ?

— En effet, un vieil ami, parti à son tour.

— Moi, j'aime la tristesse de ces parages ; j'y viens quelquefois me reposer de l'insolence de nos boulevards, rêvasser au milieu de cette misère, me fortifier un peu au contact de la vie de tous les pauvres bougres qui gîtent par là ; je me fabrique de l'énergie. Oui, je suis, mon pauvre vieux, du régiment de ceux qui, quoique s'étant battus en braves, ont été vaincus. Si je te le dis, à toi, c'est que je sais que tu ne t'éloigneras pas de moi et que tu n'auras pas peur que je t'emprunte cent sous. Vois-tu, ce ne sont pas les rêves envolés qui vous navrent. Ce ne sont pas les affres des difficultés matérielles qui vous enserrent comme le ferait une pieuvre, qui vous font les nuits sans sommeil. Mais ce qui vous fait souffrir comme si on vous marchait sur le cœur, c'est de voir qu'on s'éloigne de vous parce que vous n'êtes plus ce que vous avez été. On vous prêtait du talent ; vous n'en avez plus : on s'était trompé ! Vous n'avez pas réussi.... et les gens qui vous flattaient, autrefois, vous dénigrent. Alors on ne sait plus où on va, ni sur quoi il faut s'appuyer ! On est comme un religieux dont le chapelet se serait égrené à ses pieds. Tous ces grains épars sont les illusions, les rêves, les amis et toutes les choses auxquelles on avait donné son cœur ! Et toutes ces choses se sont échappées de vos mains ! de ces pauvres mains qui cherchent encore à saisir un peu de ce qui n'est plus...

Tu vois, c'est bien simple, mon vieux, de devenir très malheureux en suivant toujours une route très droite.

Tu viens, me dis-tu, d'enterrer un vieux camarade; il faut l'envier, la vie est trop dure. Mais il faut, surtout, finir en brave.

— Et sais-tu, me dit-il en me regardant dans les yeux, que toutes ces douleurs vous mènent à la foi et au besoin de croire, qui est la fin des belles vies ? Si tu as un chapelet pour remplacer le mien, j'irais bien l'égrener dans qulque couvent d'Italie. Je ne demande plus que cela. Mais je ne parle que de moi. Et de toi ?

— Moi, tu viens de me donner un peu de la foi que je cherche..-

Un Café le Dimanche

Le dimanche, le café devient insupportable aux habitués qui le fuient. Comme il n'est pas supposable qu'ils se privent, ce jour-là, d'aller au café, ils vont sans doute dans un autre où, furieux qu'on prenne leur place dans celui où ils ont l'habitude d'aller, ils prennent la place des autres dans celui où ils se réfugient.

On les voit là, ennuyés ; il y a de la vie, de l'animation, de l'observation à dépenser, des femmes à regarder dans le va-et-vient de la halte que les promeneurs font dans les petits cafés de faubourg, avant d'aller dîner au restaurant ou de rentrer chez eux manger le pot-au-feu dominical. Mais ce n'est pas pour tout cela que viennent les habitués de cafés, et ils n'y viendraient certainement plus s'il fallait que tous les jours il en fût ainsi.

Si le dimanche n'était pas jour de bonne recette dans ce petit café, on trouverait ce jour bien ennuyeux. Tout y est bouleversé, le billard est recouvert de sa housse et encombré de pardessus, de manteaux de femmes et de paletots d'enfants ; des petits guéridons supplémentaires sont semés dans la salle comme les pions d'un damier. La variété des consommations déroute les garçons. Les journaux illustrés deviennent la proie des familles ; des bicyclettes s'appuient aux guéridons ; des voitures d'enfants s'insèrent entre deux tables, et les pipes mélancoliques accrochées au râtelier, les queues de billard rangées en faisceaux, témoignent que les jours de dimanche sont funestes aux chères habitudes des commandants en retraite, des chefs de bureau et des vieux rentiers qui viennent, là, échapper aux soucis du ménage, à la tristesse des salles à manger aux suspensions verdâtres, à l'ennui des salons grenats où, sur la pendule de marbre noir, une jeune fille en bronze, assise sur un rocher, donne à manger à de petits oiseaux.

Et puis, c'est si bon de voir toujours les mêmes choses et toujours les mêmes gens ; après la satisfaction de n'avoir rien à faire, la joie de ne penser à rien, et voir s'égoutter les heures dans le néant de la pensée, n'est-il pas l'état de béatitude le plus complet qui convienne à un cerveau bien organisé ?

Deux Sous

Dans la rue de banlieue, près du cimetière, une vieille femme qui puait le rhum lui avait demandé deux sous qu'il avait donnés.

Plus loin, au coin d'un carrefour, il eut envie de refuser le maigre décime à un homme au paletot râpé qui le sollicitait ; mais il sortit tout de même les deux sous de sa poche et les remit à cet homme, en remarquant qu'il sentait l'absinthe.

— Qui sait, disait-il, ils sont peut-être plus malheureux que moi. Je ne suis pas riche, mais, après tout, je n'en mourrai pas...

Puis, bourrant une pipe, il continua sa promenade, longeant le talus des fortifications, sortant par une poterne pour rentrer dans Paris par le chemin de ronde.

Après avoir été sollicité en vain par quelques femmes qui voulaient l'intéresser à leurs charmes, il continua sa route, paisiblement. Un homme en bourgeron, timidement, s'avançant près de lui, lui demanda la charité.

— Flûte ! se dit-il, je n'y suffirais pas.

BLANCHISSERIE

Et sa précédente largesse lui ayant fait constater qu'il n'avait plus qu'une pièce de quarante sous, il refusa. L'homme, sans rien dire, presque honteux, fila devant lui.

— Voilà bien la vie ! se disait-il, j'ai donné deux sous à une vieille bougresse qui, certes, les a employés à s'empifrer de rhum. J'en ai donné deux autres à un lascar qui, à n'en pas douter, sera allé, incontinent, donner un peu de corps à l'odeur d'absinthe dont il était imprégné... Un troisième vient, pauvre honteux, qui avait peut-être dans quelque mansarde une femme malade ou un gosse qui demandait du pain... Et, après avoir donné aux autres, je refuse à celui-là.

— C'est, là, la vie, se dit-il. Et, tout pensif, par le long chemin, noir maintenant, il regagna sa demenre.

Fête Nationale

L'anniversaire de la Prise de la Bastille est une date historique qu'évoque, tous les ans, dans les rues des faubourgs, les odeurs mélangées de friture, de schiste et de berlingots.

Les autres sens ne perdent pas leurs droits dans cette évocation du passé ; les oreilles ont aussi leur part dans la mitraille de sons qui leur est servie par les pavillons de trompettes des phonographes, les orgues de barbarie, le gueulement des lutteurs, sur lesquels se sèment les pizzicati égrenés par les tirs au pistolet.

Le soleil libérateur ne s'est pas tenu à court de largesses et ses trente degrés à l'ombre fermentent dans la foule les émanations fraternelles des gilets de flanelle, des caleçons de lutteurs et des toisons de fauves.

Ça pue comme à plaisir, et ces jouissances nationales ne manquent ni de bruits variés ni d'arômes différents.

J'avoue que je fêterais tout aussi bien mon émancipation sur quelque roche de Bretagne ; et, si les flots venaient me battre les pieds, je penserais, avec la même liberté, qu'avec les pierres de la Bastille on en a construit une autre, aux allures moins féodales, mais dont le nombre de geôliers a été augmenté.

Brouillard

Descendant le boulevard, rapidement le tramway file, pénétrant, comme un boulet lancé dans l'espace, dans l'horizon de lumières brumeuses qui estompent l'horizon.

Soir de novembre : 7 heures. L'heure de rentrée des petites ouvrières. L'heure de sortie des chercheuses de dîner du Quartier Latin. Les unes montent aux hauteurs d'Ivry ou de Montrouge ; les autres dégringolent du sixième des chambres meublées du quartier du Panthéon pour se perdre ensuite dans les tavernes du quartier ; d'autres encore traversent la Seine afin d'y trouver le dîner du soir et la note de blanchisseuse du lendemain.

De l'observatoire roulant de la plate-forme du tramway il est amusant de suivre, par le brouillard doré de ces soirs d'hiver, les imprécises silhouettes qui naissent près de vous pour se perdre, vite, dans les vapeurs dusoir. Le brouillard, c'est la voilette des rues de Paris ; tout se grise et s'estompe ; l'imagination n'est pas arrêtée par des points qui se précisent : on corrige à sa fantaisie les éléments que la rue vous apporte.

On glisse dans un monde irréel de choses fugitives à peine entrevues, remplacées bientôt par d'autres qui disparaîtront à leur tour ; et la lourde voiture vous emporte au milieu des rêves très vagues qui vous bercent, en n'éveillant pas en vous le désir d'en faire des réalités.

Coucher de Soleil

Une flambée de soleil couchant semble mettre en feu les arbres du Luxembourg. Devant la terrasse, tout est rose : rose la couronne que lui font les lauriers en fleurs qui ont remplacé les aubépines plus pâles ; rose est le ciel derrière le palais Médicis ; roses sont les belles filles qui regagnent la maison et montent ces quelques marches qui semblent aussi de marbre rose, quoiqu'il y en ait plus de trois.

C'est toute une vie tranquille qui se montre dans son expansion simple et vraie : vieux professeurs promenant, après dîner, leurs grandes filles : familles d'employés groupées là, en petits tas, devant les pelouses. Étudiants, un livre ou une grisette sous le bras, quelquefois les deux.

Vieilles gens au déclin de la vie venant à deux respirer un peu d'air frais. Fillettes et bébés jouant et courant dans les allées. Tout cela éveille l'idée d'une vie qui retarde de cinquante ans ; d'une jeunesse vraiment jeune et sur laquelle les doutes, les préoccupations et les appétits n'ont pas encore pesé.

Et c'est, peut-être bien, parmi ces gens *en retard,* qu'il faudra bientôt chercher ce qui restera de notre âme française... Il est neuf heures ; le gardien ferme les portes ; on sort... : les grelots des bicyclettes et les cornes des automobiles vous rappellent bien vite aux bienfaits du progrès.

Madeleine

L'église est silencieuse et presque vide, mais on se presse vers les chapelles bondées d'où s'échappent des senteurs mélangées de poudre de riz, de fleurs chauffées et de chairs de femmes.

Derrière les grilles dorées des petites chapelles qui entourent la nef, devant les confessionnaux sont agenouillées des femmes : des pénitentes en veste de peluche d'où saille la gorge ; des dos ronds de chatte, que marquent d'une lumière le jour d'en haut ; des têtes penchées montrant des cous qui sortent comme d'un calice de cols Henri II sur lesquels des frisons d'or viennent se jouer... L'une sort d'un confessionnal, une autre la remplace...

Que doit entendre ce prêtre, que doit-il penser s'il est plus pénétré de la coquetterie des aveux que de la sincérité des repentirs ?

Derrière un opulent *Rubens* aux cheveux roux, en veste mastic, aux chairs poudrées et blanches, se tient un petit gringalet d'amour, un carton à la main, qui, entre deux courses, est venue dire ses péchés — peut-être les premiers — et, il se pourrait bien, tant ce petit gringalet regarde l'opulente femme qui est devant elle, qu'elle lui enviât tous ceux qu'elle lui suppose, et, qu'en disant les siens, elle mît ce dernier péché sur le compte de l'année prochaine.

Blanchisserie

La petite boutique, au coin de la rue, est peinte en bleu criard. Sur le bandeau se détache le mot : *Blanchisserie*. Les panneaux sont occupés, l'un, par une affiche de théâtre, l'autre par l'annonce permanente d'un cinématographe voisin.

La porte est grande ouverte ; c'est veille de Pentecôte, jour de coup de feu. De la rue, autour de la grande table que recouvre une étoffe de laine, on voit, alignés, les corps penchés, aux tignasses rousses et aux chignons en l'air des ouvrières qui s'escriment, manches retroussées, bras nus, dépoitraillées, promenant sur le linge humide le fer chaud qui fait monter en l'air de petits nuages de vapeur.

Des jupons pendent en l'air comme de grandes tulipes blanches renversées. Des gilets de piqué, au semis de fleurs roses et de frais lilas, bombés sous l'attache en arc de cercle qui les tient, s'étagent en rangs serrés à la devanture.

Au fond, par ce jour d'été, la *mécanique*

ronfle comme en un jour de décembre, allumant, dans un coin obscur, son fanal de feu.

La suée sera rude aujourd'hui. Le linge repassé se succède, laissé aux soins de la patronne, qui, les bras en l'air, le torse en avant, les seins bridant la camisole, accroche aux cordes du plafond toute la rutilante palette des corsages clairs.

On veillera tard ce soir ; demain, de bonne heure, les apprenties, panier au bras, livreront aux pratiques tous ces gilets à fleurs et tous ces corsages clairs qui se retrouveront mêlés dans la chaude après-midi d'été, sous les clairières des bois de Clamart, parant de la tenue du dimanche les commis de magasin et les Mimi-Pinson qui jouent au ballon sur les pelouses grillées de soleil, en attendant l'heure du soir, où, sous une tonnelle, au Bas-Meudon, on mangera la friture arrosée de vin suret, pendant que les bateaux-mouches sillonneront le bras de la Seine de leur traînée lumineuse, jetant à l'écho du soir leur appel lugubre et prolongé.

Les Inutiles

Il est des gens bien portants, douillards à l'allure solennelle, qui n'achètent jamais une fleur ; qui n'aiment pas voir, les jours d'orage, les beaux nuages se culbuter ; qui ne regardent pas les femmes et qui se soucient de boire frais. Leurs yeux ne voient pas combien une mèche rousse jette une ombre transparente et chaude sur un cou blanc ; ils ne vont pas au café, et une plainte de Chopin ne les fait pas pleurer. Ils n'entendent pas une voix qui parle dans le bruit des vagues ou dans le murmure du vent ; et, assis au bord de quelque fossé, le soir, ils ne sauront pas écouter la plainte mélancolique d'un *angelus* lointain que le vent leur apportera dans la senteur des foins coupés. Allez donc leur faire croire que, quand un grillon chante dans une vieille cheminée d'auberge, c'est qu'il a quelque chose à leur dire ! — L'odeur des vieux cordages n'éveillera pas chez eux l'idée de lointains voyages à travers les mers, pas plus que certains parfums ne les transporteront en Orient, sous quelques coins ombreux, au bord d'une vasque, où, goutte à goutte, l'eau chante. Ils ne diront pas la sensation des doigts se promenant sur un vieil ivoire ou cherchant dans la moiteur des fourrures quelque chaude et douce caresse. Parisiens, ils ne connaissent pas, dans Paris, les endroits des beaux couchers de soleil ; ils n'ont rien à faire et on ne les rencontrera jamais, les mains derrière le dos, narines au vent, aspirant la vie dans quelque allée de parc ou dans quelque sentier fleuri. Jouisseurs seulement de leur sottise, de leur vanité, leurs sens dorment sous une couche de crasse ; ils préfèrent le dîner en habit, où ils pourront se montrer, à la tranche de jambon, arrosée d'un vin clair, mangée sous une tonnelle, en société d'un vieil ami, sous l'œil accort d'une fille à la taille ronde, à qui on pince le menton en demandant une autre bouteille...

Le dîner des Jambes de bois

— Ainsi, voilà ce qui m'est arrivé, et si ce n'était pas rigoureusement vrai, ce ne serait qu'une fantaisie de commis-voyageur, sans grande originalité.

J'arrivais de province, je venais de me

marier ; mes ressources étaient courtes, mes relations presque nulles et nous vivions, ma femme et moi, assez chichement dans un petit logement de deux pièces, rue Guy-de-la-Brosse. Nous voyions quelques rares amis. Le même soir j'en avais invité trois à dîner : un ami d'enfance, pharmacien; un professeur de mathématiques et mon marchand de vins, dont j'avais besoin de capter les bonnes grâces, pour le règlement de mes factures.

Le repas fut agréable, mes amis étaient tous garçon, ma femme et moi l'étions aussi, et, rien de particulier ne serait à noter au sujet de ce petit dîner bourgeois, si, le lendemain, descendant pour me rendre à mon bureau, la concierge ne m'avait appelé pour me dire : « Vous m'avez fait bien rire ». Il faut dire qu'aucun de ces amis n'était encore venu chez moi, car je crois bien qu'il s'agissait de crémaillère.

— Pourquoi ? dis-je étonné.

— J'entends, dit-elle, le premier piler du poivre dans l'escalier. Mon Dieu ! ça se rencontre. Le second : Pan, pan, pan ! Ah ! ça, c'est drôle. Le troisième : Toc, toc, toc ! Ah ! cette fois, c'est trop fort !

Je ne comprenais toujours pas, et c'est elle qui me fit comprendre.

Mes trois invités avaient des jambes de bois!

Lutteurs

La baraque de lutteurs s'estompait dans une lueur brumeuse et rouge. Les quinquets de schiste fumaient, éclairant l'entrée où une femme à la caisse se détachait sur un fond d'andrinople vineux.

La parade commençait; le *tenor* de l'endroit, campé en haut de l'escalier, étalait aux yeux de la foule des pectoraux qui plastronnaient comme des mamelles de nourrice.

Un lutteur, maigre et brun, taciturne, au front serré, arquait des jambes nerveuses, devant la grosse caisse que martelait un homme en ulster et en chapeau melon.

Une femme, de l'autre côté, accoudée au poteau, les jambes croisées, montrait des cuisses tendues sous le maillot brique, provoquant la foule aux formidables appétits que développerait, tout à l'heure, sur la sciure, le hasard des contacts.

Un pitre, maigre, au chapeau de bohême, enflait les joues en soufflant, dans le porte-voix, la hardiesse des défis :

— On commence, on commence !... défi aux amateurs, à qui l'cal'çon ?

— Un par ici ! dit un être trapu, petit, à tête de rouquin.

— Tu vas te faire caler, dit le voisin.

— On verra, j'en ai mecqu'tés de plus costaux qu'çà ! Dans les zéphirs, mon colon, on s'fait pas d'la viande avec d'la mie d'pain.

. . . .

Le spectacle commença. Autour de la corde, le public massé suivait, anxieux, s'intéressant aux sursauts des chairs de la lutteuse, qui mettaient en faveur la saillie de sa croupe et l'ampleur de ses seins.

Ce fut, alors, le *numéro* de l'amateur et du *Rempart du Midi*. Le rouquin, en pantalon de coutil, le ventre serré dans la ceinture de flanelle rouge, le torse nu, les pieds chaussés d'espadrilles, callé sur ses jambes, attendait l'attaque. Le passage de mains intervertit les places ; les deux hommes se regardèrent.

Le rouquin fit deux pas en avant ; puis

après une nouvelle passe, la large main du *Rempart* s'abattit sur sa nuque. La lutte était engagée. Leste, le rouquin échappa à l'étreinte et bondit en arrière pour se précipiter vite sur son adversaire qu'il étreignit à la taille de ses deux bras nerveux. Les bras tinrent bon, rivés au torse du géant, qui, se courbant en deux, d'un mouvement brusque, mit le rouquin sur son dos ; les deux hommes roulèrent à terre.

D'un coup de reins audacieux, sans lâcher son homme, le rouquin se redressa, tête en bas et pieds en l'air, espérant, par la force acquise et par la surprise du mouvement, *tourner* son homme, puis, par un retour en avant, lui faire toucher les épaules. Le géant ne bougea pas ; mais dégageant son bras, il agraffa, sous son aisselle, la tête du rouquin qui disparut comme sous un énorme pis, et qu'il enserra comme dans un étau.

Les deux prises étaient aussi bonnes l'une que l'autre ; après une courte attente, la masse de chair du *Rempart* se retourna et, par son seul poids, étala le rouquin sur le dos.

La lutte était finie ; les épaules avaient touché.

Les deux hommes se relevèrent, et, sans rancune, se donnèrent l'accolade.

— Mince de viande, dit le rouquin, je m'croyais dans un mou de veau !

Et, rattachant sa ceinture, évoquant sans doute le court séjour de son nez sous les aisselles de son adversaire, il ajouta :

— C'est égal, y n'a rien un arôme, l'copain !...

Au Dispensaire

Deux heures, après midi. Dans la cour, sous le vestibule, à gauche, elles entrent ou elles sortent ; quelques-unes sont assises sur un banc.

J'entre dans la salle où elles attendent leur tour pour la visite. Tout le bataillon des chignons rouges et des casques d'ébène de la retape est là. C'est l'été, les cous gras sortent des corsages clairs, les nuques s'allongent avec les cheveux tirés en l'air — les filles ont des nuques spéciales ; — qu'elles arrangent leurs cheveux de la même façon, que leur faciès porte la firme de leur profession, cela se conçoit ; la nuque semblerait ne plus avoir d'expression, et cependant elles ont, toutes, des cous de taureaux qui sont pareils.

Des jeunes, au nez bousculé d'un coup de pouce, aux lèvres épaisses, aux yeux *bordés de jambon* comme elles disent, un ruban autour du cou, éveillent une impression d'animalité qu'on s'explique ; des matrones de trente ans, bien en chair, jettent en avant des poitrines qui saillent et brident les corsages ; d'autres, plus âgées, ont sur le ventre la retombée d'outres trop pleines; de vieilles aussi sont, là, avec des têtes de pochardes sous des cheveux grisonnants; de très jeunes qui se rajeunissent encore à l'aide de jupes trotteuses et de chapeaux canotiers laissent tomber dans le dos des nattes de cheveux qu'un ruban attache.

Dans cette salle, quelle que soit l'heure, se trouve réunie toute la variété de la prostitution. Elles regardent d'une sorte de curiosité animale. M. Guillet m'accompagne ; c'est lui qui leur donne le moins de jours de prison possible et le plus d'humanité et d'aide morale dont il dispose. Je passe en revue l'escouade, comme le ferait un sergent instructeur. Elles sont, là, attendant sur des banquettes, puis, ramenées, suivant leur tour, derrière un guichet, comme si elles allaient prendre un billet de chemin de fer. Me retournant, sur un des bancs, derrière moi, je vois une fillette de cinq ans, assise ; de grands yeux bleus ouverts sous des cheveux blonds qui tournent derrière les oreilles ; les bras croisés, elle tient un bouquet de roses, et, de sa petite main, en effeuille une sans rien dire. Je m'approche près de ce pauvre petit être échoué là, comme serait, à une bouche d'égout, parmi les chiens crevés, une petite colombe blanche.

— A qui, cette petite fille ? demande M. Guillet.

— A moi, dit une femme d'une trentaine d'années, grande, maigre, quelconque, ayant l'air d'une femme de ménage.

— Pourquoi amenez-vous votre enfant ici ?

— Que voulez-vous que j'en fasse, monsieur ? Je n'ai pas pu la laisser à la logeuse.

— Mais le soir, il faut bien que vous la laissiez à quelqu'un ?

— Oh ! le soir, ma mère est revenue de son travail, c'est elle qui la garde.

— Enfin, c'est bon ! mais, une autre fois, ne

la ramenez plus, je ne veux pas qu'ici on amène des enfants.

— Comment t'appelles-tu ? dis-je à l'enfant. Aimes-tu les bonbons ? On t'a donc coupé la langue que tu ne réponds pas? Alors, c'est que tu n'es pas sage. Moi qui allais te donner deux sous. Voyons, réponds-moi.

Rien, rien ; impossible de tirer un mot de ce pauvre petit être qui me regarde, étonné, en continuant plus activement à effeuiller sa rose.....

Le va-et-vient d'entrées et de sorties des tignasses rousses et des casques d'ébène se continue. Les cous gras, les nuques provocantes, les bras rondouillards s'échappant de la manche, les jupes courtes montrant la jambe, les chapeaux canotiers, les mines effrontées, les faces d'ivrognesses, les figures de crime passent devant moi comme dans un cinématographe, masqués par cette jolie fillette qui couvre leur misère.

Elle ne m'a pas répondu ! Est-ce que, déjà, le pardon viendrait à la mère de ses lèvres muettes et de ses yeux qui, peut-être, ne se souviendront plus ?

Oh ! cette pervenche en fleur sur ce fumier !

Petites mains

Le tramway roule... Autour de soi, l'apport ordinaire de femmes à panier, de courtiers, de petits vieux, de grosses mamans et de petits trottins qui forment le contingent ordinaire d'une voiture au complet.

Une jeune femme est assise, pas très jolie, mais que deux grands yeux humides et profonds rendent belle : mais, surtout, ses mains, deux petites mains frêles et blanches, lui donnent un attrait de charme, de distinction et de féminité extrême. Mains, dont les doigts longs et souples coulent de la mitaine noire... Mains attirantes qui ne parlent qu'à l'âme ! Mains qui ne voudraient pas de la domination des mains d'amour aux doigts grassouillets, aux fossettes sensuelles !... Petites mains frêles, faites pour soutenir les bras forts qui défaillent et pour donner leur fraîcheur aux fronts brûlés de fièvre ! Mains de consolation et de prières douces, créées pour aider et non pour asservir. — Oh ! les deux jolies petites mains blanches sur la robe noire !...

Que de sujets d'observations vous offrent les transports en commun : chemins de fer, omnibus ou tramways ! Cette vie d'un instant, au contact de gens qu'on ne connaît pas, montre, pour qui sait les voir, des comédies ou des drames.

Que de choses se reconstituent par un rien, et les petites mains fines, aristocratiques, sur la pauvre robe, disaient bien des misères vaillamment supportées, et laissaient l'impression de ces pauvres vies vouées à des douleurs qui ne finiront jamais.

Matinée de Printemps

Tout autant que les sentiers des bois ou les vergers en fleurs, Paris reçoit les sourires du printemps ; ses caresses vont égayer nos vieilles rues, semer sur nos boulevards et nos avenues les joies enchanteresses de ses matins, poudrant nos toits moroses, nos balcons et nos mansardes de toute la joaillerie de son clair soleil.

* * *

A la porte d'Orléans, là-bas, au fond de

Montrouge, les horizons de banlieue se montrent dans toute leur clarté. Entre les grilles de la porte, des voitures de déménagement, des tapissières, des charrettes, avec leur chargement de foin, rentrent, sous l'œil vigilant des douaniers. Sortant de la rue de la Voie-Verte, suivant le talus des fortifications, les tramways, quittant la remise, se succèdent en file ininterrompue, gagnant la tête de ligne pour s'emplir et partir aussitôt.

*
* *

Toute la clientèle de commis et de petites ouvrières les assaillent. Un marchand de vins, en face, étale des piles de journaux sur sa rangée de guéridons ; une boulangerie emplit ses corbeilles de croissants et de petits pains au lait. Tout un essaim de jupes, de corsages clairs, de chapeaux enrubannés et fleuris débouche des rues avoisinantes. Tout le monde des demoiselles de magasin, des trottins et des petits métiers des quartiers Saint-Martin et Bonne-Nouvelle se rend à l'ouvrage ; les unes tranquilles, à pas lent, les autres, les yeux bouffis de sommeil, courant ; d'autres, grandes, majestueuses comme des princesses de légende, toutes viennent se ranger entre les cordes pour grimper sur l'impériale, où leur passage laisse une odeur de savon de toilette et de lubin.

*
* *

La voiture part, suivant l'avenue où le clocher de l'église se détache, laissant derrière les voitures de blanchisseurs et les tilburys de grainetiers que la banlieue amène.

Assises, seules, près d'une amie, ou du jeune homme à l'air « comme il faut » avec lequel elles ébauchent le premier couplet d'une romance, leur sac, ou leur petit panier d'osier sur les genoux, elles lisent le feuilleton illustré.... ou la lettre chiffonnée, cachée dans les plis du corsage... préparent dans leur maigre porte-monnaie les trois sous du conducteur.

Les jeunes gens, en canotier plat, cravatés de percale claire, se meublent le cerveau du tableau des courses ou des exploits sportifs de lurons à gueules de belluaires qui étalent aux premières pages des hebdomadaires la splendeur de muscles qui brident leurs maillots à raies. Un jeune homme qui paraît hydrocéphale et qui semble appartenir à une autre race, tourne les pages d'une édition populaire de Musset, ce qui mettra son patron en défiance contre ses aptitudes aux stupres des affaires.

*
* *

Quelques ménagères encombrées de paniers vont aux Halles faire des provisions pour leur nichée de gosses. Des petites filles, le carton sous le bras, vont au cours apprendre tout ce qu'il faut savoir pour devenir doctoresse et ignorer ce qu'elles ont besoin de connaître pour être des femmes.

Des gens à paletots râpés, à chapeaux haute forme beurrés, montrant, sur la peluche rougie, comme le sillage d'un passage d'escargots, vont s'engouffrer dans les tortueuses officines de contentieux, d'agences de renseignements et de marchands de fonds de commerce, où ils mettront à mal les articles du Code et les lois de la morale.

*
* *

Le tramway file, n'offrant aux arrêts que

des places d'intérieur aux voyageurs mécontents.

Sur les trottoirs, les étalages s'apprêtent dans ce quartier matinal et populeux. Une cordonnerie allonge sur le trottoir sa rangée de paniers remplis d'espadrilles et de chaussures claires. Les voitures des Halles, devant les grandes épiceries, débondent leur provision de bottes de carottes, de haricots verts, d'artichauds et de choux-fleurs dont le blanc laiteux s'harmonise avec les verts passés des laitues; les commis de nouveautés époussettent les trépieds où sont pendus les complets de coutil et les vestons d'alpaga; les demoiselles de magasin accrochent, avec des bâtons, des rangées verticales de formes de chapeaux qui ornent la devanture; d'autres étalent sur les tables les flots de rubans au rabais et les pièces de satinette aux couleurs variées.

*
* *

Sous des portes cochères, les crémeries en plein vent offrent à leurs habitués le petit déjeuner du matin. Les facteurs passent, pressés, le nez dans leur boîte. Nous voici au Lion de Belfort, où une des voitures, restée vide, va garnir son impériale d'une nouvelle provision de corsages et de chapeaux clairs.

Le lion de Bartholdi, enserré entre la rue Froidevaux, le boulevard Arago, la rue Denfert, le boulevard Saint-Jacques, paraît être une énorme agathe enchâssée dans les griffes d'un chaton de bague.

*
* *

A droite, par le boulevard Arago, se détache, dans un poudroiement d'or, le petit clocher dentelé du couvent des Dames de Cluny, tandis que l'horizon du boulevard Saint-Jacques montre la silhouette des maisons de la Butte-aux-Cailles, délayée dans un ton d'ardoise violacé.

Nous entrons dans la rue Denfert : au commencement, quelques boutiques ; une quincaillerie avec des tubs, des bassines à confitures, des baignoires d'enfants..... Une rangée d'arrosoirs au premier plan, des cylindres de grillages et de stores verts. Puis, plus rien que des murs de couvents : le Bon-Pasteur, les Eudistes, les Sœurs de

Marie-Thérèse, qui vendent de si bon chocolat ; les Jeunes Aveugles, les Enfants Assistés, la Visitation, les Enfants Trouvés. La rue Cassini montre au fond, à droite, la maison habitée par Balzac quand il écrivit *le Père Goriot*. Nous pénétrons au Quartier Latin avec le carrefour de l'Observatoire abîmé par la gare de Sceaux, où, autrefois, sous de grands arbres, se dressait la statue du maréchal Ney, maintenant en face.

Tout ce vieux quartier, à cette heure, garde les allures d'autrefois. Les automobiles ne l'empoisonnent pas encore de leur bruit et de leur laideur de machine.

Bullier ! le Bullier de la bohême de jadis, inscrit sous la rangée de ses verres de couleur : « Cinéma moderne » ! Cette chose abominable n'existait pas au temps où Murger y menait Musette boire du vin doux en mangeant des marrons...... A gauche, tout ce Luxembourg, si beau encore. Autrefois, c'était, là, la pépinière ; la terrasse des Feuillants. Un café : *Le Chalet*, y fut installé, attendant la construction des maisons qui y sont aujourd'hui ; derrière étaient des terrains vagues. Je me rappelle un duel d'étudiants, où, seul, un porte-monnaie fut mis à mal, ayant eu, à la suite de la rencontre, une saignée formidable de tournées de bocks à régler.

*
* *

Nous passons : l'École des Mines ; derrière, les toits de brique de ce qui fut le couvent des Chartreux.

Puis, après, la belle frondaison des arbres et des fleurs avant le carrefour Médicis. Le tramway qui file vous fait mieux sentir l'exquise fraîcheur de ce quartier de Paris aéré et tranquille, un de ceux qui ont gardé presque tous leurs arbres, qui n'ont pas d'usines et qui ne sont pas pollués par la crapuleuse décoration de luxe d'exportation des boulevards ; un quartier qui n'est pas encore contaminé par le va-et-vient des rastas et des gens d'affaires ; un quartier sain ; un quartier dont l'air est embaumé de la senteur qui monte de tous ces jardins.

*
* *

Il est encore tôt ; seuls, les boutiquiers et les commis de librairie animent les trottoirs.

Il n'y a effectivement de *levé,* à cette heure, que les jeunes personnes qui ont parfumé les nuits de ceux qui travaillent au Quartier-Latin pour nous apporter plus tard des lois aussi idiotes que celles que nous avons aujourd'hui, pour inventer de nouveaux procédés nocifs de guérison et pour défendre la veuve et l'orphelin au profit de ceux qui les grugent.

*
* *

Le tramway, plus rapidement, descend la pente du boulevard Saint-Michel. C'est Cluny et son jardin de couvent, avec ses fûts de colonnes, ses vieilles pierres, sa cloche de Sébastopol. Puis la place Saint-Michel, le petit bras de la Seine où nous ne voyons plus, à gauche, le coin pittoresque illustré par l'enseigne de Sabra, dentiste, et la vieille académie du père Suisse où ont passé tant d'artistes devenus célèbres. Au loin, à l'horizon, c'est Bercy et le campanile de la gare de Lyon.

Passant le Palais de Justice, le Tribunal de Commerce où était autrefois le Prado et où dansaient les grisettes de Gavarni, et nous sommes en plein marché aux fleurs.

Toutes les voitures de Châtenay, de Palaiseau, de Bourg-la-Reine ont apporté, là, leurs roses, leurs jasmins et leurs géraniums. Toutes ces fleurs coupent la Seine, sur le Pont-au-Change, d'un collier de parfums et d'éclatantes couleurs.

Le printemps proclame, là, toute sa joie débordante, tout ce qu'il y a de vivifiant dans sa parure de fleurs, tout ce qu'il donne de réconfortant dans ses promesses de longs jours de soleil, et le voile diaphane de toutes ces fraîcheurs jetées sur le fond sombre de la vie vient en atténuer les tristesses, en corriger les amertumes et donner aux rêves incertains, les apparences de réalités qui confient aux lendemains le rameau d'espoir que la colombe blanche apporte aux humbles et aux résignés !

TABLE DES MATIÈRES

TABLE DES MATIÈRES

IMPRIMÉ PAR LES SOINS
DE LA
SOCIÉTÉ TYPOGRAPHIQUE
DE
CHATEAUDUN

www.ingramcontent.com/pod-product-compliance
Lightning Source LLC
LaVergne TN
LVHW012013220826
846092LV00001B/340

9782329774749